小学館文庫

私はスカーレット Ⅱ

林真理子

JN030989

小学館

【主な登場人物】

スカーレット・オハラ（ハミルトン） ……………… 物語のヒロイン。ジョージア州にある大農園タラの主《あるじ》の長女。人を惹《ひ》きつける美貌と激しい気性の持ち主。物語の冒頭では16歳。

アシュレ・ウィルクス ……………… スカーレットが恋焦がれるウィルクス家の長男。芸術や読書、ヨーロッパの文化を愛する青年。父親はジョン・ウィルクス。

メラニー・ハミルトン（ウィルクス） ……………… 謙虚さと慈愛の心を持つ聡明な女性。従兄のアシュレと結婚。アトランタで叔母と暮らす。愛称はメリー。スカーレットより１歳年上。

レット・バトラー ……………………… チャールストンの名家の出身だが、家からは勘当されている。商才があり独自の哲学を持つ不思議な男性。物語の冒頭では33歳。

チャールズ・ハミルトン ………… メラニーの兄でスカーレットの最初の夫。出征から数ヶ月で病死。

ジェラルド・オハラ ……………………… スカーレットの父。大農園タラの主人。

エレン・オハラ ……………………… スカーレットの母。フランス貴族の血をひく貴婦人。

ピティパット・ハミルトン ……… アトランタに住むチャールズとメラニーの叔母。愛称はピティ。

ヘンリー・ハミルトン ……………チャールズとメラニーの叔父。ピティの兄。

マミイ ……………………………………エレンが実家から連れてきた使用人。スカーレットの乳母。

プリシー…………………………………オハラ家の使用人の少女。

ピーター ………………………………ハミルトン家の執事の奴隷。

スエレン、キャリーン ……………スカーレットの妹たち。

ハニー、インディア …………………アシュレの妹たち。

タールトン兄弟 ………………………血の気の多い双児の兄弟。兄スチュワートと弟ブレント。どちらもスカーレットに想いを寄せていた。

カルヴァート家、フォンテイン家、マンロー家 ……タラ農園の近隣に住む名家。

フランク・ケネディ …………………スエレンの恋人の中年男性。

メリウェザー夫人、エルシング夫人、ホワイティング夫人 …… アトランタに住む実力者の妻たち。格式を重んじる人々。メリウェザー夫人の娘はメイベル、エルシング夫人の娘はファニー。

ミード夫妻 ………………………………アトランタ在住の医師とその妻。ダーシーとフィルという息子がいる。

ウェイド…………………………………チャールズとスカーレットの息子。

ベル・ワトリング ……………………アトランタの娼館の女主人。レットの友人。

――前巻（『私はスカーレットⅠ』）のあらすじ

十九世紀アメリカ南部。ジョージア州にある大農園タラで生まれ育ったスカーレット・オハラは十六歳。勝気な性格と個性的な美貌は周辺でも有名で、男の子は皆、スカーレットに夢中だった。多くの使用人や奴隷をかかえる大農園の長女として何不自由なく育ったスカーレットにとって、自分の思いどおりにならないものはない。恋愛についても、「こんな私に恋をしない男の人がいると思う？」と信じて疑わない。

しかしそのスカーレットにも唯一思いどおりにならないものがあった。恋い焦がれる年上の幼なじみ、アシュレ・ウィルクスだ。ある日、アシュレの邸宅で行われるバーベキューパーティーで、アシュレとアシュレの従妹・メラニー・ハミルトンの婚約報告がなされることを耳にしたスカーレットは、強いショックを受ける。てっきりアシュレとは相思相愛で、いずれは結婚するものと思い込んでいたのだ。

だが、自ら愛を告白すればアシュレはきっと婚約を解消するはず、とひらめいたスカーレットは、パーティー当日、アシュレを図書室で待つ。「私はあなたを愛しているの」。思い切って気持ちを打ち明けたスカーレットだったが、アシュレには受けいれてもらえなかった。頭に血が上り、思わずアシュレの頬《ほお》をひっぱたいてしまったスカーレット。アシュレは静かに部屋を後にする。その様子を偶然見ていた無頼者のレット・バトラーは、スカーレットの激しさに興味を抱く。

パーティーが終わる頃、スカーレットはその日ずっとまとわりつかれていたメラニーの兄のチャールズ・ハミルトンから結婚を申し込まれる。スカーレットは自分を振ったアシュレと、陰でスカーレットのことを馬鹿にした、アシュレの妹でチャールズの婚約者でもあるハニーへの腹いせにその申し出を受け、二週間もたたないうちに結婚式を挙げる。

折しも国は北部と南部が対立し、南北戦争が始まろうとしていた。出征したチャールズは戦地で肺炎にかかり命を落とす。挙式から二ヶ月で未亡人となったスカーレットのお腹にはチャールズの子が宿っていた。

出産を終えたスカーレットは、ボーイフレンドたちが誰もいなくなってしまった故郷タラの退屈な暮らしや、黒い喪服を着続け外出も出来ない南部のしきたりに飽き飽きし、息子ウェイドとともに大都会アトランタへ移り住むことを決める。チャールズとメラニーの叔母ピティパットの家で、メラニーとともに、戦地へ赴いたアシュレの帰宅を待つことを心の拠り所とする。

躍動的な都市アトランタに少し心を軽くするスカーレットだったが、ここにも南部の古いしきたりや近所の口うるさい奥様方の目があった。「メラニーにはアシュレがいる。だけど私には何もない。十七歳で喪服を着てこのまま生きたまま死んでいくんだわ」と思うと、スカーレットの目から涙がとめどなく流れてくるのだった……。

私はスカーレット　II

11

舞踏会に行けない自分のことを、まるでシンデレラのようだと思った。

私はそれまで下働きだけをさせられて、皆が楽しむ夜は、ずっと留守番をしなくてはいけないんだ。シンデレラがそうだったように、私も悲しくてずっと泣いていた。

ピティ叔母さんとメラニーは別として、私をお城に行かせない意地悪な女は二人いる。この街の女ボス、メリウェザー夫人とエルシング夫人が、未亡人は行っちゃいけないと目を光らせている。楽しいことはいっさいしないで、喪服を着ておとなしくしてなさいと言っている。だけど信じられないことが起こった。この二人が魔法使いみたいに、私を舞踏会に誘ってくれたのだ。

ボンネル夫人なんて、私はまるっきり知らないけど、子どもたちがはしかにかかったんだって。それからマクルーア家のお嬢さんが、急にヴァージニアに招《よ》ばれていったんだって。とにかく急に人手が必要になって、ピティ叔母さんとメラニーは駆り出されることになったんだ。たぶんついでに私も。

私はとび上がるほど嬉しかったのに、メラニーったらぐずぐずしている。

「でも私たちは、チャーリーが逝《い》ってまだ……」

「そんなことわかってるわ」

エルシング夫人は、いつものノーと言わせない口調だ。

「でもこれは南部連合のためよ。私たちの病院のためなのよ」

しかしメラニーはまだ首を縦に振らない。私はすぐに承諾したいところなんだけれど、話の流れでそうはいかなかった。メラニーがいつのまにか、この家の代表みたいになっているんだもの。

「もろもろお役に立ちたいのは山々ですけれど、もっと他の可愛いお嬢さんたちがいらっしゃるじゃありませんか」

メラニーは自分だって十八歳なのに、そんなおばさんみたいなことを言う。

「今どきの若い娘《こ》が、役に立つもんですか」

メリウェザー夫人がふんと鼻を鳴らした。

「売店を受け持つのを嫌がるのよ。兵士たちと踊れないし、せっかくのドレスを見せびらかせないから。全くあの封鎖破りのせいだわ」

その時、あのレット・バトラーの名前が出て、私はドキッとした。

「あのバトラー船長、ドレスやレースの替わりに、もっと病院の必需品を運んできて欲しいわ。いくら儲《もう》かるからって、ドレスを大量に封鎖破りすることないわよ」

私たち南部の港は、北部人《ヤンキー》に妨害されている。砲弾を怖《おそ》れぬ者たちが、その包囲網をかいくぐって船に物資を積んでくるのだが、レット・バトラーもその一人のようだ。

「さあ、ピティ、すぐに腰を上げて。事情が事情だから、みんなもわかってくれるはずよ。それにあなたたちの売店は、ずっと奥にあるから、皆に見られることもないわ」

「そうよ、お手伝いしましょうよ」

私が声を出したので、みんながびっくりしてこちらを見た。それでわかった。誰も私が行くと思っていなかったということを。手伝って欲しいのは、ピティ叔母さんとメラニーの二人だったんだ。誰も未亡人になったばかりの私が、舞踏会に行くとは思っていなかったみたい。

「私は病院のためなら、何でもしようと思っているんですもの」

私はうんとしおらしく言った。病院なんかどうでもいいけれど、都会の舞踏会を一度でいいから味わってみたいんだもの。

「ねえ、メラニー、お手伝いしましょう。私たち二人でいれば安心でしょう。ねえ、メラニー、病院のために少しでもお役に立つなら、喪中の私たちが行ってもいいんじゃないかしら」

「そうよ、スカーレットの言うとおりだわ」

メリウェザー夫人は大きく頷《うなず》いた。

「新しいベッドや薬を買うために、病院はお金をいくらでも必要としてるの。死んだチャーリーも、きっとそのことを望んでいるはずよ」

こうして私は舞踏会に行くことに成功したんだ。

アトランタ史上最大といわれる舞踏会は、本当に素晴らしかった。

昨日までがらんとした屋内演習場だったのに、花と月桂樹の枝で飾りたてられていた。そしておそらく街中から集められた燭台《しょくだい》で何千というろうそくのあかりがゆらゆらと揺れている。

アトランタっていう街は、女性が本当にすごいと感心しないわけにはいかない。婦人会が中心になって、これだけのことをやりとげたのだ。バーベキューだけのタラのパーティーとは大違いだわと、私は目を見張る。

高く設けた演奏スペースなんて、芸術的といっていい。南部連合の垂れ幕で覆われていて、ゼラニウムや紫陽花《あじさい》、ベゴニア、キョウチクトウの植木鉢がかこんでいる。その上には、南部連合のデイヴィス大統領と、副大統領でジョージア州知事のアレクサンダー・スティーヴンズの大きな肖像画があった。私たちの敬愛する二人。北部人のリンカーンとかいう男よりも、ずっと立派な顔だとみんなは思っている。

やがて楽団がやってきてワルツを演奏し始めた時、私は息が止まりそうになった。

ワンツースリー、ワンツースリー、ワルツってなんて美しいのかしら。久しぶりに間近で音楽を聴く。ああ、なんて楽しいの……。体が勝手に動き出す。

だけど私はやっぱりシンデレラのままだった。ドレスもガラスの靴ももらえず、喪服のままで売店に立っていなくてはならないんだもの。

ホールはたちまち若い娘たちでいっぱいになった。みんな夏のドレスを着て、ひらひらと蝶のように舞う。レースのストールを無造作に腕に垂らし、スパンコールがちりばめられたのや、白鳥の羽毛の扇をベルベットのリボンで腕に結んでいる。

黒い髪の娘たちは、たいてい真ん中でシニヨンにし、金髪の娘たちは巻髪を垂らしていた。私は知っている。レースもドレスも、封鎖破りをしてヨーロッパから運んできたとても高価なものなのだ。だからそれで自分を飾りたてるのは、北部人の暴力に決して動じない南部に生きる女の誇りなんだって。みんな髪やサッシュに花を飾っている。それはやがて兵士の軍服の胸ポケットにしまわれることになる。

その夜、舞踏会に集まった兵士たちは、みんなハンサムで素敵だった。軍服はまだ汚れてはおらず、ボタンはピカピカに光り、胸の金モールは輝いていた。

病院で見知った顔もある。歩ける兵士たちはみんな、松葉杖《まつばづえ》をついてここに集まっていた。一時休暇中の兵士も、鉄道や郵便に携わる兵士も、今夜の舞踏会にやってきたみたいだ。

やがて太鼓が鳴り響き、喝采が起こった。ラッパと共に入場してきたのは、華麗な軍服姿の州防義勇隊と州兵たちだ。彼らがいっせいに敬礼する様子は本当に凛々《りり》しかった。
　ホールはまたたくまに人で溢《あふ》れるほどになった。娘たちのにおい袋や、男たちのオーデコロンやポマードのにおい。ろうそくのにおいでむんむんしている。ざわめきが大きなうねりとなる頃、楽団の曲ががらっと変わった。《ボニー・ブルー・フラッグ》だ。その場にいた人たちはみんな合唱し始めた。
「我らはこの国で兄弟のように育ってきた
血と苦労を宝にして自由のために戦おう
万歳、万歳
南部よ万歳
うるわしい青い旗
そこにきらめくひとつ星、万歳」
　背中でメラニーのソプラノの声を聞いた。ふだんはおとなしいくせに、こういう時はやたら感激して張り切るのだ。ふり向くと泣いているではないか。
「ごめんなさい。兵士の皆さんが、あまりにも誇らしくて……」

隣りにいた中年の女たちも、歌い終わったとたん興奮してこんなことを言い合っていた。

「もうじき戦争は終わるわ。間違いないわ。北部人は私たちの前に跪《ひざまず》いて許しを乞《こ》うのよ」

ラファエル・セムズ提督が率いる南部連合海軍が、近いうちに北部人の砲艦を蹴《け》散《ち》らすはず。そうしたら英国が南軍に加担することになっている。なにしろ南部の綿花が入らなくなり、英国の工場はお手上げになっているんだから。そもそも英国は下品な北部人が嫌いなのだ。上品な南部を仲間と考えているのだ。

そうよ、そうよ。こんな素晴らしい軍隊が負けるはずがない。なんて幸せな私たち……。そこにいた女たちは、誇りと喜びとで恍惚《こうこつ》の表情を浮かべていた。そう、コウコツ！

こんなにたくさんの人たちの中、歓喜の涙を流す人々さえいるのに、私の心は冷めている。

ああ、どうして私は他の人と同じになれないんだろう。どうして連合と旗と《ボニー・ブルー・フラッグ》に感動して、こんな顔になれないんだろう。

だっておかしいと思わない？

みんな必ず勝つことを信じてる。大義だとか愛国心だとかを叫んでいる。だけど私たちの生活は物に不自由していて、絹だとか薬なんかは手に入りにくくなっているんだ。戦争で死んだ人もいるし、病院は血とうめき声でいっぱいだ。本当に南部のことを思うなら、名誉がどうのこうの言う前に、さっさと戦争を終わらせるべきだと思わない？

そのとたん、私はしまったと思った。このパーティーでそんなことを考えているのは私だけなんだ。もし私の心の中を誰かに悟られたら大変なことになる。

「この女は、とんでもないことを考えている。病死した兵士の未亡人のくせに！」

たちまち袋叩《ふくろだた》きにあうだろう。

ああ、私ってどうして、こんなにみんなとかけ離れているの？　自分よりも戦場にいる人たちのことを想像して、泣くことの出来る女性たち。私には出来ない。私の考えていることといったら、一日も早く戦争が終わって、昔どおり緑色のシフォンのドレスをいくらでも買えるようにして欲しいっていうことだけ。

だけどそれって、本当に間違っているのかしら……。

とにかく私はその広いホールでひとりぼっちだった。私だけが皆と感じてることが違うんだもの。

そう、私はここで少しも楽しくはなかった。最初のうちは、こんな華やかな場所に出られてとうきうきしていたのだけれど、だんだんいらついてきた。

なぜって？　この私がまるっきり無視されているんだもの。

ダンスが始まった。若い娘たちは兵士たちと踊り、はしゃぎまくっている。男性の数がだんぜん多い。その夜、アトランタ中の娘たちが集《つど》っていて、彼女たちを兵士が取り囲んでちやほやしていた。どんなに不器量な娘でもだ！

あの不格好な赤毛の娘、ウエストなんか百センチもありそうな女も、美男子の兵士と手を取り合って踊っている。お猿みたいな顔をして笑ってる。

断言してもいいけど、このホールで私よりも綺麗《きれい》な女はいなかった。それなのに、私は売店の後ろに立ち、いない者ということになっている。喪服を着ていて、家にはぴいぴい泣く赤ん坊がいるからだ。私はまだ十七歳なのに。

私はいつのまにか、カウンターに頬《ほお》づえをついていた。会場ではメリウェザー夫人の娘、メイベルがみんなの注目の的だ。青りんご色の薄地モスリンのドレスは、スカートの幅が広いから、彼女のウエストの太さがごまかせる。クリーム色のフランス製のレースがたっぷりと使われているけれど、あれは北部人の砲撃をかいくぐって、チャールストン港に運ばれたもの。メイベルの得意そうな顔ときたら、バトラー船長じゃなくて、自分が封鎖をかいくぐってきたみたい。

私があのドレスを着たら、どんなに似合っただろう！　あのぶっといウエストの女じゃなくて、この私が着るべきものなんだ。あの緑色は私の色なのよ。私の瞳の色と同じだから。私の真白い肌と、四十三センチのウエストに合うから。

それなのに私はこの黒い服を着ている。喪が明けたって、着るのは灰色とかのくすんだ地味な色ばっかり。

そもそも女ってものすごく損に出来てる。この会場にも結婚した女性たちが何人かいるけれど、隅の方に座り、にこにこしながらダンスを見ているだけ。私と同じような年齢の人も多いけれど、おばあさんたちと一緒くたにされている。たまにダンスをしても、ステップを間違えそうなじいさんの相手になるだけ。もし派手なドレスを着て、若い男と踊ったりしたら、たちまち非難の的になるからだ。考えてみると、考えてみなくたって、私たちが本当に楽しくて幸せな時期なんて、ほんの一、二年なんだ。たちまち人妻となって、いろんな規制がかかる。私みたいにいかに男の人たちを惹《ひ》きつけるか、うんと知恵をつけたって、あっという間《ま》に使えなくなってしまう。

ああ、タラにいる時の私がどんなに賢かったか本に書きたいぐらいだわ。

これぞと思う男の子がいたら、思わせぶりに笑い、相手が何がおかしいのとやってきたらしめたもの。答えをはぐらかしておけば、いつまでも私のまわりをうろうろしている。そして相手はやっきになり、何とか二人きりになろうとする。そして彼がキスしようとすると、すごく驚いたり、傷ついたふりをする。彼は謝る。レディに失礼なことをしたと必死に謝る。だけどたまにはキスをさせてあげることも大切。私にもっと夢中になるものね……。

その時、音楽が変わった。私の大好きな《ジョニー・ブッカー》！　軽快なテンポでステップを踏む。

踊りたかった。どうしようもないぐらい踊りたかった。タラの舞踏会で、私とこの曲を踊りたくて、男の子たちが争っていたあの日。それはついこのあいだのことだったのに。私の脚はちゃんとステップを憶《おぼ》えているのに。私ももしかすると、体を動かしていたかもしれない。視線を感じてそっちの方を見た。その男は高級な黒ラシャのスーツでがっしりと肩幅のある体をつつんでいた。ひだ飾りのいっぱいあるシャツも最近ちょっと見ないほど高級なもの。あのレット・バトラーだと気づくのに時間がかかった。彼はまっすぐに私を見た。おかしみと意地の悪さが混じったあの目だ。でも熱っぽい視線。喪服を着ている女に対して、まるでふさわしくないものだった。彼はわざとらしく深々とお辞儀をするとこちらにやってきた。

「ミス・オハラ……いや、ミセス……。あなたが未亡人になっていらっしゃるとは……」

この時だけは殊勝に頭を下げた。

「それにしても私のことを憶えてくださっているとは思いませんでしたよ」

憶えてたんじゃない。私に向けて微笑《ほほえ》む男がいたんで、ついにっこり笑いかけただけ。まるで男の人に不自由しているみたいですごく口惜《くや》しい。それなのにメラニーがふり返った。メラニーは単純だから、彼がバトラー船長とわかって大喜びだ。メラニーはレットに、私の結婚と夫の死、自分の結婚について説明した。彼は私の夫に対して丁寧な悔やみを口にした。そのわざとらしいことったらない。この男は私が夫をまるっきり愛していないことに気づいているんだもの。バトラーはメラニーに何か買いたいと申し出た。

「それならば、この枕カバーはいかが。こちらに連合旗を刺繍《ししゅう》したものがありますわ」

彼にそんなものは必要とは思えないが、三枚も買っていった。

その合間に音楽は終わり、ミード医師が立った。

「皆さん、婦人会の方々に深い感謝を申し上げようではありませんか。ご婦人方の愛国心と疲れを知らない努力が、この雑多とした演習場をかぐわしい庭園に変え、このバザーに大きな収益金をもたらしてくれました」

大きな拍手が起こった。

「皆さんにレット・バトラー船長をご紹介しましょう。この一年にわたって、海上封鎖を突破し、今後もわれわれのために医療物資を運んでくれる勇猛果敢な方でありますす」

さらに大きな拍手が起こった。ふん、私はだまされない。彼はそれで大儲けしているんだから。

「そして皆さまにお願いがあります。灰色の軍服を着て、戦地に立っている若者たちに比べれば、とるにたらないほどの小さな犠牲です。皆さま方が今、身につけているものを差し出していただけないでしょうか。金は溶かされ、宝石は売られ、私どもの医療物資を買う資金になるのです」

いい気味だと私は思った。アトランタ中の女がめかしこんで、いちばんいい宝石を身につけてやってきていた。それを差し出さなきゃいけないいんだもの。喪中で本当によかった。

だけどほら、コウコツとしている女たちは、嬉々《きき》として宝石をはずし始めた。ブレスレットをとり、イヤリングを耳からはずした。お互い後ろにまわり、ネックレスの金具をいじり、ブローチを抜いている。エルシング夫人の娘、ファニーは、「ママ、これいいでしょう」と尋ね、夫人はもちろんと頷いた。それはずっしりと重たい純金に小粒の真珠がはめ込まれたもの。きっと先祖から伝わったものに違いない。

彼女たちがまわってくる籠《かご》に宝石を入れるたび、大きな拍手と歓声が起こる。みんなバッカみたい。ああ、喪中で本当についていた。さっきまで私だけが損をしてると思っていたけれど、そうじゃなかったんだわ。

若い兵士が私とレットの前にやってきた。レットは無造作に金の葉巻ケースを投げ入れた。男の人の持ちものは、女と違って外から見えるわけじゃないのに、やっぱり景気がいいんだわ。

兵士は私の前にも立った。

「ごめんなさい。私は今、喪中なので……」

と手を振った時、自分の左手の結婚指輪が目に入った。チャールズが買ってくれた幅広いもの。私はこれをはめてくれた彼の顔を思い出そうとした。けれどもうまくいかなかった。

こんなの、本当にいるの？　私の中で誰かが問うている。

「ちょっと待って」

私は叫んだ。

「これがあるわ」

私は案外あっさり抜けた指輪を、金色の小山の上にほうった。だって本当にもういらなかったし、指輪なんてファニーの髪飾りに比べれば小さいし。

それなのに、メラニーは、

「ああ、スカーレット！」

と叫んだ。本当に感動しているんだ。

「あなたは本当に立派だわ。ふつう出来ることじゃない。ちょっと待って。私のこれも！」

そして自分の結婚指輪を抜いたのだ。こちらは本物の愛の証《あかし》なのに……。信じられない。

「あなたが勇気を示してくれたから、私も出来たの」

「なんてうるわしい行為でしょう」

レットが感にたえぬようにささやいた。

もちろん私のことを見抜いて、馬鹿にしてるんだ。

愛してもいない夫の結婚指輪なんて、いらなかったんだろうとその目は語っていた。

12

　レット・バトラーは私の傍《そば》から離れない。口惜《くや》しいことに、その時私はかなり退屈していた。だって男の人は誰も、喪服を着て売店に立つ私に話しかけてはこない。だからつい、大嫌いなあの男を受け容《い》れてしまったわけ。

「ご主人はだいぶ前に亡くなったの？」

　彼は神妙な声で尋ねた。

「ええ、もうだいぶたつわ。一年前ね」

「じゃあ、忘却のかなたっていうわけだ」

　忘却という言葉にものすごく意地の悪い響きがあって、私はむっとした。

「結婚生活はどのくらい続いたの？　いや、失敬。ずっとこちらの方に足を向けなかったんで、事情がわからないんだよ」

「二ヶ月よ」

自分でもその単語が、まるで悪ふざけのようだと思った。二ヶ月、そうよ、たった二ヶ月のことがこれよ。私は未亡人になり、家のゆりかごには赤ん坊がいる。

「なんていう悲劇なんだろう」

彼は悲し気に首を振ったが、私と同じことを感じているのはすぐにわかった。ああ、いまいましい。こんな男、すぐに追っぱらいたいんだけど、私に話しかけてくるのはこの男だけだし、アシュレとのことを見られている。あまり怒らせたくはなかった。

「前から思っているんだが、こんなことはインドのヒンドゥー教のサティーと同じだよ。とっても残酷なことなんだよ」

「それって何？」

「インドでは、死者は埋葬ではなくて火葬される。夫が死んだ時、妻は一緒に身を焼かれるんだ」

「そんな怖いこと、あるわけないじゃないの」

私は叫んだ。

「警察は止めないの？」

「止めやしないよ。夫と共に死ななかった妻は、社会からつまはじきにされる。村から出ていくしかない。だけど僕に言わせれば、サティーの方がまだ情があるね。残された妻を生き埋めにする、わが南部の素晴らしき風習に比べればね」

「ひどいわ。生き埋めにされているなんて」

しかし私はその言葉に衝撃を受けていた。そう、この喪服。踊ることはもちろん、笑うことも許されない日々。確かにこれって生き埋めだもの。私はずうーっと土の中ってこと。

「強気の君だって、社会の鎖にしばりつけられているしね。メラニーから聞いたけれど、売店に立つ者が足りていれば、今夜はここに来られなかったんだろう。いくら君でも、喪中にパーティーに来る勇気はないだろうし」

「あたり前だわ。それは亡くなった私の夫を無視することになるもの。まるで私が夫を愛してない……」

私はそこでやめた。この男の前でそんな綺麗《きれい》ごとを言っても仕方ないと思ったから。

「あなたって本当に意地が悪いわ」

ため息をつくと、レット・バトラーはにやっと歯を見せずに笑った。私も思わず噴き出してしまったのだが、その時気づいてしまった。私とレットが楽しそうにしているのを、眉をひそめて見ている年配の女たちに。

でもそれが何だっていうの。私はダンスもしないで、ずうっとここに立って働いているんだもの。知り合いの男性が来て、ちょっと私を笑わせていたとしても、それがいったい何だっていうの。あなたたちは、若い妻を焼却場に追い込もうとしているインドのおばさんみたい。

「君は立派だよ。さっきも夫からの指輪を何のためらいもなく供出したんだからね」

しかしどこまでも嫌味な男だった。ちくりちくりとこちらを刺激してくる。

「かの有名なバトラー船長からお誉《ほ》めいただくなんて、とても光栄だわ」

「どうして本当のことを言わない」

彼は私にだけ聞こえる、押し殺した声で言った。

「お前なんか、ろくでなしの最低男で、紳士でも何でもないと。さっさと目の前から消えろと」

　確かにそうだったけれども、私は彼がここから去ることを望んではいなかった。彼がいなくなったら、人のダンスを見るだけのつまらない時間があるだけ。私はうんと芝居がかって言う。

「どうしてそんなことおっしゃるの。私はあなたがとても名高く勇敢で、南部のために尽くしているのを知っているわ」

「君には失望したよ……」

　失望？　それってどういう意味なの。

「あの愉快な出会いがあって、花瓶を投げつけられて、僕はやっと勇気ある娘に出会ったと思ったよ。他の馬鹿な娘とは違う。自分の思うことをちゃんと言葉に出すことが出来る娘と思っていたが、今の君は違う。思っていることを口にする勇気がないじゃないか」

「まあ、なんてこと」

　怒りのあまり胸がきりきり痛んだ。この私としたことが。話し相手がいないばっかりに、この男を追っぱらわずつい手の内を見せようとしたんだ。

「だったら言わせてもらうわ。ちゃんと教育を受けた紳士だったら、こんな失礼なことを出会って二回めの女に、ずけずけ言うかしらね。あなたなんか、ただの育ちの悪いひねくれ者よ。自分のちっぽけな船が、ちょっと北部人《ヤンキー》の包囲網を破ったからって、ここに来てえらそうなこと言って。それから大義のために一生懸命やっている私たちを馬鹿にして……」

「ストップ、ストップ」

バトラーは今度は歯を見せて笑った。いったい何ていう人なの。

「最初は正直でなかなかよかった。だけど大義なんて言葉を持ち出すのはいただけないなあ。僕はそんな言葉、とっくにへきえきしてるんだ。それは君だって同じだろ」

「どうして私が⁉」

こんな風に人の心を見透かす男って、本当に嫌だ。

「僕にとって封鎖破りはビジネスで、金儲《かねもう》けの手段だ。儲からなければすぐにやめるね」

「ふん、思ったとおりの欲得だけの男ね。北部人と同じだわ」

「まさにそうだよ。その北部人に金儲けを手伝ってもらっている。このあいだも、船をニューヨーク港のどまん中に突っこんで、荷物を積んできたばかりだ」

「嘘《うそ》でしょう！」

信じられない話だ。

「そんなことしたら、たちまち北部人に砲弾を浴びせられるわ」

「本当に君たちは何も知らないんだな」

また私の大嫌いな笑いを浮かべた。

「砲弾が飛んでくるわけがないだろう。彼らの中にだって、南部連合にものを売って稼ごうという連中はいっぱいいる。僕は船をニューヨーク港に入れ、北部人の会社から品物を買って、そしてこっそり出航する。それでも危険な時は、途中のナッソーあたりに行って、爆薬や砲弾、それから女性方のスカートを直接買いつけてくるんだ」

「本当に北部人って、お金に汚いのね」

私たち南部連合の人間だったら、絶対にそんなことをしない。敵に物資を売るなんてこと。

「まっとうな商売をして、金を得ることがいけないことかね。百年もすればどっちでもよくなってくるさ。結果は同じだよ。どうせ南部連合は敗れることはわかっているんだからね」

「敗れる！　私たちが？　まさか」

　この男は何を言ってるの。もうじき北部人は私たちに許しを乞《こ》うことになっている。そうしたら戦争は終わることになってるんだから。でも、と私はさっき感じたざらっとした気持ちを思い出した。絶対に勝利を信じてこぶしを上げていたここにいる人たち。封鎖破りで買ったドレスを着て、薬や食べ物に不自由しているくせに、南部が勝つことを絶対信じている人たちを、さっき私は冷たい目で見ていたんじゃなかったっけ……。いけない。こんな男の挑発にのってしまって。こんなことを考えること自体、南部の一員として許されないことなんだもの。

　いつのまにかバトラーは私の前から去っていた。私は一人残され、やり場のない思いから小さく体を震《ふる》わせていた。

「二人で何を話していたの」

　メラニーがやってきた。心配そうに眉をひそめている。

「メリウェザー夫人が、ずっとあなたたちのことを見ていたのよ。夫人がどんなことを言うかわかっているでしょう」

　ああ、わかっているわ。わかっていますとも。あのインドの婆さん！

「メリウェザー夫人なんか、勝手に言わせておけばいいわ。あんな意地悪婆さんのために、頭が悪い若い女のふりをするのはまっぴら。それにね、私はバトラー船長みたいな育ちの悪い田舎者ともう話をする気もないんだし」

「まあ、スカーレット、何てことを言うの。目上の人に意地悪婆さんなんて……」

　お説教なんてまっぴらと腹が立ったけれど、ちょうどタイミングよくミード医師がまた壇上に上がった。

「みなさま、先ほどは大切な宝石や金製品を差し出していただき本当にありがとうございました」

　どうということはない、という大きな拍手が起こった。

「さて、紳士淑女のみなさま、これから私がご提案することにショックを受ける方もいると思いますが、これもすべて病院のため、病院で介護されている兵士のためだということを忘れないでいただきたい」

いったい何が起こるのかと、みんなはいっせいにおし黙った。それどころか、じわりじわりとステージのまわりに集まる。ミード先生の言い方がふつうじゃないんだもの。

「これからダンスが始まります。一曲めはリール。二曲めはワルツです」

リールは南部に伝わる私の大好きな踊り。みんなで手をつないでぐるぐるまわる。ああ……。

「そのあともポルカ、マズルカ、ショッティッシュ、それぞれ短いリールを間にはさんでダンスは続きます。さてこのパートナーをめぐって、静かな戦いが行われていることは周知の事実です。そこで……」

先生はちょっと額の汗をぬぐった。それから年配の婦人グループに向かって、目で許しを乞うた。

「紳士諸君、あなたが望むパートナーと踊りたいなら、その淑女を競《せ》り落としていただきましょう。私が競売人となり、収益はすべて病院の資金といたします」

扇の動きがぴたりと止まった。その次に、わあーという兵士たちの歓声があがった。それが制服を着ていない男たちにも伝わり、若い娘たちが悲鳴のようなかん高い声をあげる。キーキー、めんどりみたいに。

「何なの、これ。まるで奴隷の競りみたいだと思わない？　ふつうだったらこんなこと、絶対に許されないわよね」

メラニーの声を私はちゃんと聞いていない。口惜しい。本当に口惜しかった。これって私のためにあるような催しじゃないの！

私がもう一度スカーレット・オハラに戻れたら、あのフロアに立つことが出来れば。青リンゴ色のドレスを着て、深緑色のベルベットのリボンを胸に垂らしていたら。ヴェールなんかとっぱらって、黒い髪にマグノリアの花をさしたら、私はダンスの先頭に立っていた。男たちが目の色を変えて値段をつり上げていたはず。争いだっていくつも起きたわ。

なのに私はここに座ってなきゃならない。そしてファニーやメイベルが、アトランタ一の美女としてリールをリードするのを見るんだわ。こんなことってある！

ちんけな兵士が早くも名乗りをあげた。

「メイベル・メリウェザー嬢に二十ドル！」

メイベルに二十ドルですって！　五ドルがいいとこよ。それなのに彼女は顔を赤くしてファニーの肩にもたれかかり、くすくすと笑い始めた。まだ承諾はしない。こんなのって、私レベルの女にだけ許されることじゃないのかしら。

ああ、誰か私を見て。ここに本当の美しい娘、ダンスのうまい魅力的な女がいるのよ。たった二ヶ月しか結婚していなかったのに、生き埋めにされている女が。

そんな私の悲しみとはうらはらに、競りはすごいことになっていった。うちの娘にそんなことはさせられないと、メリウェザー夫人は大声で抗議していたのだが、メイベルの値段がどんどんつり上がり、ついに七十五ドルとなると黙ってしまった。その様子がおかしいと、若い兵士や娘たちがみんな笑っている。

誰もがこの競りに夢中になっていった。男たちはみんな手に手に南部連合の紙幣を握りしめ声をはり上げていく。若い娘たちは自分の名前が呼ばれるたび、「イヤよー」「恥ずかしいわ」「助けて」なんて叫んでいるけど、みんな嬉しさのあまり顔がキラキラしている。私は嫉《ねた》ましかった。そう、口惜しいだけじゃない。はらわたが煮えくり返るぐらい嫉妬していた。ついこのあいだまで、私はどんな娘よりも価値があったはずなのに。

でも私は、こんなこと全然気にならないわ、という風に、カウンターに肘《ひじ》をついてつんとしていた。

馬鹿な男たちと馬鹿な女たち。こんなつまんない女に何十ドルも払って……。

その時、私は確かに私の名前が呼ばれるのを聞いた。

「チャールズ・ハミルトン夫人に百五十ドル。金貨で」

そのすごい金額と名前に、ホールがしんと静まり返った。私はぼんやりと口を開けてあたりを見わたした。みんなが私を見ていた。

ミード先生が壇上から身をかがめて、レット・バトラーと話しているのが目に入った。たぶん私は喪中なので、ダンスは無理だと話しているのだろう。承服しかねますね、という風に彼は肩をすくめていた。

「他にお好みの美女はいませんかな」

誰もが黙っているので、先生の声ははっきりと聞きとれた。

「いいえ」

レット・バトラーは平然と、そしてきっぱりと言った。

「ハミルトン夫人を」

その時、私の体を一本の光が走った。喜びのあまり背筋が痺《しび》れていくのがわかる。

だーい嫌いな男だけど、今私を地中から救い出してくれようとしている。

「ですからそれは無理なんですよ」

ミード先生は苛立《いらだ》ち始めた。

「ハミルトン夫人が承知するはずがありません」

考える前に、私の体が「いいえ」と叫んでいた。

「いいえ、お受けしますわ！」

勢いよく椅子からはね上がった。嬉しくてそうせずにはいられない。ああ、もう一度踊れるんだわ。そして私は百五十ドルというアトランタ一の価値をつけられた。みんなが私に注目している。こんな美人がいたのかという驚きの表情をしている。そう、私はここにいたの！　ずっといたんだから！　もう何を言われたって構わない。私は踊りたいの。本当に踊りたいんだもの。

私はつんと顎《あご》を上げて売店を飛び出し、カスタネットのようにヒールを鳴らしてフロアに出た。メラニーのびっくりした顔も、メリウェザー夫人のグループの卒倒寸前の顔も、でもいちばん私の気分を上げたのは、不愉快そうに顔をしかめる若い女たち。そうよ、私、スカーレット・オハラは、いつもまわりの女たちに、〝負け〟を宣告していたのよ。

フロアに立つと、レット・バトラーが人々の間を通って、私の前に現れた。いつものあの不敵な意地悪気な笑いを浮かべてる。それでも構わなかった。今の私は、たとえ相手がエイブラハム・リンカーンだって、喜んでダンスをしただろう。

リールが始まる。まずパートナーに膝《ひざ》を向けてお辞儀をする。私はにっこりと微笑《ほほえ》んだ。どう、この笑顔、百五十ドル以上の価値はあるでしょう。

やがて《ディキシー》の曲が流れ出した。踊りながらささやく。うきうきしていた。

「よくも私にこんなことをさせるわね。バトラー船長」

「だけど親愛なるハミルトン夫人、君はどう見ても踊りたがっていたよ」

「人前で私の名前を言うなんて」

「断ることも出来たはずだよ、ハミルトン夫人」

「それは病院のためよ。あれだけの額を言われれば、自分のことばかり考えていられないわ。やめて……」

レットがいかにも楽しそうに笑い出したので私は注意した。

「みんなが見ているわ」

「連中は何をやっても見るさ。君も僕ぐらい悪名高くなればいい。そうすれば、すべてのことがどうでもよくなってくるからね」

「そんなのまっぴらよ」

「いやいや、人の信用なんてものは、一度失ってみると、それがどれだけ重荷だったかわかるんだ」

曲はワルツに変わった。私はうっとりとして気が遠くなりそう。ああ、なんて素敵なの。だけどレットはあまりにもきつく私を抱き過ぎてるわ。彼の髭《ひげ》が頬《ほお》にあたりそう。

「バトラー船長、そんなにきつく抱かないで。みんなが見てるわ」

「誰も見ていなかったらいいのかい」

「バトラー船長、あなたは自分を忘れてるわ」

「君のような女性を腕に抱けば、どんな男だって我を忘れるさ」

そして彼は耳もとでささやいた。

「君は今までこの腕に抱いたなかで、最も美しい踊り手だ」

私はその時わかった。私がいちばん飢えていたのは、ワルツでもみんなから注目されることでもなかった。男の人からのこういう言葉だったんだわ。

楽しくて楽しくて、この時間が永遠に続けばいいと思う。

「次にダンスを踊れるのは、いったいいつになるかしら。何年後かしら」

「数分後だよ。次の競りも君を落とすよ。五、六曲は他の男にチャンスをくれてやってもいいが、最後のダンスは譲らないよ」

大っ嫌いな男なのに、甘い言葉が心にしみとおっていく。ああ、これを幸せって思っちゃいけないんだろうか。

13

私は確かに未亡人だ。喪服を着て、家の中でじっとしていなきゃいけないのはわかっている。

でも舞踏会に出たのだって、そもそもが急に人手が足りなくなって用事を言いつけられたんだ。それに踊ったのが何だっていうの。バトラー船長が、私と踊る権利を高いお金で買ったんだもの。その夜いちばんの途方もない値段でね。私はものすごく貢献したはず。南軍と病院のために頑張ったんだ。

それなのに、どうしてこんなめにあわなきゃいけないんだろう。

次の日の朝、私はそれこそ髪を逆立てているピティ叔母さんと、黙りこくっているメラニーを前にしていた。

「スカーレット、今、あなたがどんなことを言われてるのかわかってるの？　あなたがとんでもないことをしたって、アトランタ中はもう噂《うわさ》でもちきりよ」

「何を言われたって構わないわ。私はすごくお金を稼いだのよ。あのパーティーに出てた誰よりもね」

「お金が何だっていうの！」

叔母さんはキイキイ声でわめいた。

「あなたが踊っている姿を見て、私は目を疑いましたよ。チャーリーが死んでまだ一年もたっていないのよ。それなのに、あのバトラー船長ときたら、あなたを見せ物にしたのよ」

そうか。彼とのダンスをそんな風に見る人もいるのね。くだらないわ、と私は腹が立った。でも叔母さんはしつこい。

「あの男は本当に怖《おそ》ろしい人よ。ホワイティング夫人は、ご主人がチャールストンの出身だから教えてくれたの。バトラー家は名門なのに一族の面汚《つらよご》しだって。チャールストンの社交界からも締め出されているっていうのよ。女性に手が早くて、どこかのお嬢さんととんでもないスキャンダルを起こしたっていうじゃないの」

「叔母さま、私にはあの方がそんなに悪い方だとはとても信じられません」

メラニーが静かに口をはさんだ。

「ちゃんとした紳士に見えます。これまでだってどれほど勇敢に、私たち南部のために封鎖を破ってくださったことか」

「そんなの、お金儲《かねもう》けのために決まってるじゃないの」

私は踊っている最中、彼から聞いた言葉をそのまま伝えた。

「お金のためにやってるって、自分で言ってたわ。どうせ南部連合は負けるんだから、その前に稼げるだけ稼ぐって。なんでも密航ビジネスで百万ドルは入ってくるって」

まさか、と二人は口をあんぐりさせた。だけど、

「多くの人間がわかっていないのは、社会を築く時だけでなく、その崩壊からも大稼ぎ出来るんだ」

という彼の言葉は伝えなかった。そんなことを聞いたら、ピティ叔母さんは卒倒してしまうものね。

私だってこの言葉の意味がよくわからない。ただ感じるのは、今まで私をしばりつけていた古いものが、もうじきなくなってしまうだろうということ。

「私は家に閉じ籠《こ》もっているのなんてうんざりだわ。ゆうべのことで、さんざん言われているんなら、もう何を言われても怖くないもの」

そう、それはバトラー船長が私をそそのかした言葉。あまりにも、今の私にぴったりだ。

「まあスカーレット、お母さまが何て思われるか」

その時、ピティ叔母さんが大きなため息をついた。お母さま！　お母さまですって。いやよ、お母さまだけには知られたくない。でもアトランタからタラまでは二十五マイルも離れているんだ。そんな簡単に伝わるはずはないと私は心を静めた。

「そうだわ、ヘンリーに手紙を書きましょう」

ピティ叔母さんはよろよろと立ち上がった。

「頼りたくはないけど、わが家でただ一人の男性なのよ。だから彼からバトラー船長に抗議してもらいましょう。ああ、チャーリーさえ生きていてくれたら……。いいこと、スカーレット、もうバトラー船長のような男と、二度と口をきかないでね」

むっとした。私がしたことって、そんなに悪いことなの？　男の人とダンスをしたことで、どうしてこんな大ごとになるの？

　おまけにメラニーが近づいてきて、後ろから私を抱き締める。

「ダーリン、怒っちゃダメ。あなたが昨日したことはとても勇気がある素晴らしいことなの。あなたは病院のためにやったって、私にはわかってるわ。もし誰か何か言う人がいたら、私がちゃんと話すわ。ピティ叔母さま、泣かないで。スカーレットはまだほんの赤ちゃんなのよ」

　思いきりウザいことを言い始めたからたまらない。メラニーっていつもいいコぶるんだけど、それは勘違いによるものだからうまく反論出来ないんだ。

　でもたまにはいいことも言う。

「それに叔母さま、私たち三人は少し悲しみにひたり過ぎているのかもしれないわ。これからはたまには、パーティーにも行きましょうよ。戦時中は他の場合とは違うのよ。そうだわ、まだ隊に戻れない入院患者さんを、このうちにお招きしましょう。スカーレット、元気を出して。あなたがチャーリーを愛していたのは、みんな知ってるんだから」

　メラニーには本当にいらいらさせられるけれど、これはいいアイデアだわ。このアトランタには、ちょっとケガしたぐらいの素敵な士官がうようよしているんだもの。彼らの熱いまなざしを受けるのは、どんなにか退屈しのぎになるだろう。

それにしても、うんざりする光景が始まった。ピティ叔母さんはしくしく泣き出し、メラニーはしきりに慰める。

「叔母さま、スカーレットは悪くないのよ。どうかそれをわかってあげて」

この女にだけは庇《かば》ってもらいたくないわ。いつもそう思う。庇ってもらえばもらうほど、私の中に何かが溜《たま》っていくみたい。私はあなたに庇ってもらうほどみじめじゃない！　私はあなたよりはるかに美しいし魅力的。あなたが私に勝っているのはただひとつ。アシュレを自分のものにしているということ。本当にそれだけ。それだけよ……。

プリシーが封筒を持って勝手に入ってきた。

「メラニーさまにです」

「私に？」

メラニーは封筒を開け、中の手紙を読んだ。おお、と片手で顔を覆った。

ピティ叔母さんがまた叫んだ。

「戦死の知らせよ。アシュレが死んだんだわ！」

そして手足をだらりとさせた。気を失ったんだ。

アシュレの戦死公報！　私の体中の血が凍った。私も卒倒する寸前、メラニーの明るい声がした。

「違うわ、違うのよ。まあ、叔母さま、大変。プリシー、早く気付け薬を。私ね、感動して泣いてしまったの」

そして封筒から金の指輪を取り出した。それはメラニーのものだわ、確か……。

「これを読んで」

私は便箋《びんせん》を手に取った。黒く太い字でこう書いてあった。

「南部連合は、男たちが血を流しても、ご婦人たちに心の血を流させるほど困ってはおりません。どうか敬愛するウィルクス夫人、あなたへの敬意の証《あかし》としてこれをお受け取りください。そしてご自分のなさったことが、無駄になったとお思いにならないように。この指輪はその十倍の価値を持って買い戻されたのですから」

レット・バトラーと署名してあった。

「ねぇ、私の言ったとおりでしょう」

メラニーは涙をぬぐいながら、得意そうに笑った。

「私があの指輪を供出する時、はり裂けそうな思いになっていたってご存知なんだわ。本当の紳士でなければ、こんなことは出来ないはずよ。私はすぐにお礼の手紙を書いて、替わりに金のチェーンを贈りますわ。叔母さま、船長を日曜日の夕食に招待してくださいね。ちゃんとお礼を申し上げなければ」

なんてうさんくさい男なの、と私は思った。彼にとって、メラニーみたいな世間知らずの女にとりいるなんて、朝飯前のはず。だけど私にはわかるわ。うまくこの家に入り込もうとしていることを。そして本当のめあては私だってことを。なぜって、メラニーの結婚指輪は返して、私の指輪はまだあの男の元にある。彼は私が再び結婚指輪をするのがイヤなんだ。随分みえすいたことをするわ。私はすっかり機嫌を直していた。


しかしやっぱり、私のことはお母さまに伝わったらしい。長い手紙が届いた。アトランタの住民は、南部一噂好きでお節介と聞いていたけど本当にそのとおりだったわ。あの舞踏会は月曜の夜だったのに、今日木曜日には、もうお母さまからの手紙はここアトランタに配達されたんだ。ピティ叔母さんじゃない。だって彼女は、私の家に知られることにすごくおびえていたし、私を失いたくないんだから。きっとメリウェザー夫人だわ。あのイヤな婆さんたら。

「あなたの行いを耳にして、母はいてもたってもいられない思いです」

大切なお母さまをこんなに嘆かせるなんて、なんて意地悪な告げ口婆さんなの。

「ああいう男の人は、あなたの若さと無知をいいことに、あなたを見せ物にして、みんなの前であなたの顔に泥を塗るんです。ミス・ピティパットはいったい何をしていらしたんでしょうか。あなたを預かっている義務があるというのに」

私はピティ叔母さんがちょっと気の毒になった。お母さまからの手紙と知って、しんから不安気な顔をしている。そもそもこんな子どもみたいな人に、私の監督が出来るはずがないんだから。

「あなたの今後については、お父さまのご判断にゆだねることにします。金曜日にアトランタにいらっしゃって、まずバトラー船長と話をつけるそうです。それからあなたを連れ帰ってくださいます」

もうこれ以上は読めなかった。お母さまが本気で怒ると、どんなに怖いかよく知っている。十歳の時、バターをたっぷり塗ったスコーンを妹のスエレンに投げつけた時のお仕置きを、まだ私は憶《おぼ》えているんだもの。

「お母さまは許してくれないかもしれない」

こんな大ごとになるとは思ってもみなかった。たかがダンスをしただけなのに。

「わ、わるい知らせじゃないわよね」

ピティ叔母さんが震《ふる》える声で尋ねた。

「お父さんが明日こっちに来るって。そして私を連れて帰るの」

「そ、そんなこと」

ピティ叔母さんはわっと泣き出した。

「スカーレットなしで暮らすなんて、私には出来ないわ。あなたはとってもしっかりしてるから、一緒にいてどれだけ心強いか。この街もへんな連中がうろうろしているのよ。メラニーと二人きりなんて、そんな……そんな……」

「そうよ、スカーレットをタラに行かせるもんですか」

メラニーさえ顔が真青になっている。

「今はここがあなたの家じゃないの。あなたがいなくなったら、私たちはどうすればいいの。私がオハラさんに言うわ。私たちにとって、スカーレットは本当に必要な人だって」

私はメラニーがくどくどと、お父さまに懇願している姿を想像してぞっとした。自分が心を込めて話せば、どんなこともかなうと信じている人間って、私は本当に苦手なんだ。

そして本当に金曜日の夜、お父さまがやってきた。ピティ叔母さんは、その時本当に熱を出して寝込んでいた。だから私とメラニーだけで相手をしなくてはならなかった。

夕食が始まった。お父さまはずっと無口なまま。メラニーだけがいつもよりずっと饒舌《じょうぜつ》だ。

「タラのことをいろいろお聞きしたいの。インディアやハニーはなかなか手紙をくれないんですもの。おじさまなら何でもご存知よね」

インディアとハニーは、アシュレの妹。これまた意地の悪い姉妹で、私は大嫌い。二人は元気だよとお父さまは言って、別の知り合いの結婚式の話をした。式は何とか挙げることが出来たものの、二日めのドレスがなかったんだって。

「二日めのドレスがないんですって⁉」

メラニーと私は驚いた。結婚二日めは素敵なドレスを着てお披露目をするのが南部のならわしだ。そのドレスがないなんて、南部は本当に貧しくなっているのかしら。

「タールトン家の双児は、今ジョージアに戻ってきている」

そう、あの双児。二人揃《そろ》って私に夢中だった。お父さまはどちらか一人が、私と結婚してくれればいいと願っていたはず。双児のうち、兄のスチュワートは膝に、ブレントは肩に銃弾を受けて、今静養のために故郷に戻っている。だけどすぐに軍隊に戻るらしい。私たちと北部人《ヤンキー》とが違うところは、その愛国心だ。

私たちは南部のことを心から愛していて、南部のためにはすべてを投げ出すつもりだ。だけど北部人の兵隊は、ほとんどがポーランドやアイルランドからの移民だ。みんなお金めあてに軍隊に入る。だから愛国心なんかこれっぽっちもないと、みなが語っている。

「タールトン家の双児は、そりゃあ勇敢に戦って、軍の特報で紹介されたぐらいさ。どんな手柄だったか忘れたが、ブレントは今や中尉さんだ」

あの、馬と女の子にしか興味がなく、どこの大学からも放校された二人がと、私はすっかり嬉しくなった。ああ、懐かしいわ。ついこのあいだまで、タラのわが家のベランダで、べったり私の傍《そば》にいた双児たち。ハンサムで背が高い陽気な二人。

ところが私の感傷をお父さまが突然ぶち壊した。

「そうそう、お前さんたちをあっと言わせるニュースがあるぞ。スチュワートが、オークス屋敷の娘とつき合っているらしい」

「まあ、ハニーなの、それともインディアでしょうか」

メラニーは興奮して聞く。

「ミス・インディアの方じゃなかったかな」

器量が悪い方のインディアと!? 私とは比べものにならない娘じゃないの。いくら私がいなくなったからって、あまりにもひどい。他に選択肢がなかったんだろうか。

「それからブレントは、タラに通いつめている。さあ、結婚かどうなるか」

私は口がきけなかった。私がチャールズと結婚すると告げた時、二人は荒れて荒れて、決闘もしかねなかったのに。早くも恋をしてるとは。一人は私の大嫌いな女、一人は私の大嫌いな妹。

「でもスエレンは、フランク・ケネディさんと結婚するものだとばかり思っていました」

メラニーの問いに、お父さまは意外なことを口にした。

「いや、スエレンは相変わらずフランク・ケネディとぐずぐずやっている。そうじゃない。奴《やつ》が通ってくるのは、うちの末娘に会いにだ」

「キャリーン、あの子はまだ子どもじゃないの⁉」

やっと声が出た。甘ったれのチビで、いつもお母さまにくっついてる。

「いや、お前が結婚した時より、ひとつ下ぐらいだ」

十五歳になっていたのだ。私の知らない間に。

「それとも、昔の恋人を妹にやるのがそんなに口惜《くや》しいか」

お父さまはニヤッと笑い、こういうあけすけな会話に慣れていないメラニーは赤面した。食事の間、お父さまは勝手に喋《しゃべ》り続ける。この戦争のために、南部の裕福な地主たちが、どれだけ過酷な税金を要求されるか。南部のジェファーソン・デイヴィス大統領がどれだけ無能かということを延々と喋り続けた後、食後のポートワインと、私と二人きりになることを求めた。

心配そうにメラニーが出ていったとたん、お父さまは大声で私を叱《しか》りつける。

「お前はここで、大層立派なふるまいをしてくれたそうだな。ついこのあいだ未亡人になったばかりだというのに、もう別の夫をつかまえようとしているのか」

「お父さま、声が大きいわ。召使いたちに聞こえます」

「構うものか。奴らだってわが家の恥を知っている。可哀想に母さんは夜も眠れず、私は人様に顔向けも出来ん。こんな不名誉なことがあるか。いや、ダメだ。今回ばかりは泣いても許さないぞ」

だけど本当に私が泣き始めると、お父さまはおろおろし始めた。

「わしはお前という娘をよく知っている。お前は夫の通夜でも、他の男に媚《こび》を売るような女だ。だが仕方ない。好きでもない男と、ほんのはずみで結婚したんだからな。今日の説教はもう終わりだ。これからバトラー船長とやらに会わなくてはならない……。泣いても無駄だ。明日は必ずお前をタラに連れて帰るからな！　そう泣くな、お前に土産を持ってきたぞ。美しい絹だ。こんな上等品はこのアトランタにもないだろう。もう泣くのはやめて、明日はタラに帰るんだ」

その日の夜、私はまるで眠れなかった。私の人生というものについて、ずっと考えていたからだ。

チャールズと結婚して、あっという間《ま》に未亡人になったのは、とてもついていなかった。それに数回しかそういうことをしていないのに、赤ん坊まで生まれてしまったんだ。だけどアトランタに来ることが出来たのは、確かについていたかも。だってまるっきり新しい世界が開けたんだもの。

もしあのままタラに住んで、アシュレとは無理だったとしても、タールトン兄弟のどちらかと結婚していたらどうだろうか。お母さまのように地味なドレスにひっつめ髪をして、ずっと家を守らなくてはならなかった。楽しみといっても、せいぜいがバーベキューとダンス。そういうものだと思って、私はタラで主婦となったろう。けれども私は都会というものを知ってしまった。列車が到着する大きな駅。通りは人と馬でごったがえしている。イヤなお婆さんはいっぱいいるものの、社交界の大きさは、タラなんかと比較にならない。戦時中でもしょっちゅう舞踏会や晩さん会は開かれているのだ。素敵な男たちもいっぱいいる。私も喪服を脱いだらああいう場所に行けるんだ。

このまま家に帰り、お母さまに会う。それを考えるとぞっとした。お母さまはきっと悲しい顔で私を見るだろう。お母さまにそんな顔をされるなんて、死んだ方がまし。そして私は札つきの未亡人ということで、タラでも仲間はずれにされるかもしれない。そのうちに妹とタールトン家のブレントが結婚する。そういうのを見ながら、私はずっと田舎で暮らさなきゃいけないわけ？　絶対にイヤ……。

「タラには帰りたくない」

はっきりとそう思ったとたん、私はダンスの時のバトラー船長の腕を思い出した。そんなにきつく抱かないで、と言ったのに彼は平気だった。

「君のような女性を腕に抱けば、どんな男だって我を忘れるさ」

もしタラに戻ったら、あんなことは二度と起こらないだろう。二度と。

何度も寝返りをうつうち、静かな通りの向こうから音が近づいてくるのがわかった。かすかな音だったけれど、奇妙に懐かしい。私はベッドを抜け出し、窓辺に立った。星もまばらな空の下、通りは深い闇《やみ》に包まれていた。

やがて音ははっきりと聞こえる。車輪の音と馬の蹄《ひづめ》の音。そして人の声。私は微笑《ほほえ》んだ。このアイルランド訛《なま》りのヘタな歌は、お父さまのものだったからだ。

馬車の黒い大きな影が、屋敷の前で止まった。ぼんやりと人影が浮かび上がる。もう一人誰かいた。門のかんぬきを開ける音に続いて、今度はお父さまの声。

「いいか、次はロバート・エメットに捧げる歌だ。お前さんもこのくらいは歌えないといかん。わしが教えてやろう」

ああ、あの歌ね、と私は思い出した。アイルランドのために死んだ英雄の歌。お父さまが大好きな歌。

「また別の機会にしましょう、オハラさん」

まあ、バトラー船長じゃないの。お父さまは今夜、彼に抗議をしに行ったはず。言いたいことは言うと息まいていたんだわ。帰りが遅いので、どこかで一杯飲んでいると思っていたけれども、まさかバトラー船長だとは。

それにしても、お父さまはものすごく酔っている。

「私が歌うのを黙って聞け。さもないと撃ち殺すぞ。このオレンジ党員」

「いや、オレンジ党員ではありませんせん。チャールストン人ですよ」

「似たようなもんだ。いや、ずっとたちが悪い。あそこには義理の姉が二人もいるんだ。妻の姉たちなんだが、とんでもない上流の気取り屋さ。アイルランドから渡ってきたわしのことなんか、鼻もひっかけやしない。そうだ、もう一度、アイルランドの歌を歌おう……」

やめてよ、お父さま。私はあわててガウンに手を伸ばした。でもこんな格好で出ていくわけにはいかない。バトラー船長がいるんだから。

お父さまは門にもたれ、いきなり歌い始めた。本当は美しく悲しい歌なんだけど、酔っぱらったお父さまの声だと牛がうなっているみたい。

「詩人は戦争に行ってしまった。

彼はきっと死んでしまうはず。

父親の形見の剣を差し、ハープを背負って」

やがてピティ叔母さんとメラニーの部屋で、気配がした。二人ともさぞかし驚きおびえているんだろう。彼女たちはこういうがさつな男の人に慣れていない。ウィスキーで酔っぱらって、大声で歌う男なんて身近にいなかった。都会の上流家庭でひっそりと生きてきたんだもの……。

やがて控えめなノックが聞こえた。叔母さんとメラニーだ。やっぱりここは私が行くしかない。私の父親なんだし、召使いたちに酔ったお父さまを見られたくはなかった。さぞかし田舎者と思うだろう。もしかするとお父さまは暴れるかもしれない。

私はガウンを首元まできっちり合わせ、ろうそくを持って急いで玄関ホールに向かった。ドアの鍵を開けると、ほのかなあかりの中にバトラー船長の姿が浮かび上がった。本当にどきりとした。ガウン姿なんて、まるで裸を見られたみたいだ。

一方彼はいつもどおり完璧なおしゃれな格好をしていた。胸のひだ飾りさえ乱れていない。お父さまは今の歌で力尽きたようだ。ぐったりと彼の腕にもたれていた。帽子はどこかでなくしてしまったようで、白く硬い髪はくしゃくしゃになっている。シャツにウイスキーのしみがあるのが、暗い中でもわかる。

「君のお父さんだよね」

バトラー船長の目がおかしそうに光っていた。そうしながら、私を鋭く見つめる。まるで私がどんな寝巻きを着ているか一瞬で見透かすみたい。私はこんなぶしつけで強い視線にあったことがない。

「二階まで連れていこうか」

「結構よ。そこの長椅子の上に寝かせて」

「ブーツを脱がそうか」

「必要ないわ。家でもその格好で寝ることがあるから。それよりも早く行って」

「ではまた、日曜日のディナーで」

彼は私を馬鹿にしている時の癖で、思いきり丁寧にお辞儀をして帰っていった。

次の日の早朝、階下に降りていくと、お父さまはソファに座っていた。頭を抱えてとても落ち込んでいる。あたり前だ。あんな醜態を人の家でさらしたんだから。

「大層ご立派なふるまいだったわ、お父さま。あんな時間に帰ってきて、大声で歌を歌ったんだから。近所中の人が起きたわね」

「わしは歌を歌ったのか」

「歌うも何も二曲もね」

「何も憶えておらん」

「お父さまが憶えていなくても、この界隈《かいわい》の人は一生覚えていると思うわ。ピティ叔母さまもメラニーもね」

「なんてことだ」

お父さまはうめいた。

「ゲームを始めた後の記憶がまるでないんだ」

「ゲーム？」

「バトラーのやつ、ポーカーなら誰にも負けないと言うんだ。だから……」

「いくら負けたの？　お財布を見て」

私は命じた。お父さまは抗《あらが》うことなく上着から財布を取り出した。中身は空っぽだった。

「五百ドル！」

お父さまの声は震えていた。

「お母さんに何か封鎖破りの品でも買おうと思って持ってきたんだ。それなのに、ひと晩ですってしまった！」

その時、私の中にいいアイデアが浮かんだというわけ。ものすごく怒っているふりをした。

「五百ドル！　信じられないほどの大金ね。でも私はそれどころじゃない。お父さまのおかげで、もう街を歩けないわ。ピティ叔母さまだって、メラニーだって、親戚ということだけで何か言われるかもしれないわね」

「うるさい、うるさい」

困惑のあまり、お父さまは白い髪をたてがみのように振る。まるで老いたライオンみたい。

「わしの頭は破裂しそうだ」

「バトラー船長みたいな人とお酒飲んで酔っぱらって、大声で歌を歌って、有り金全部持っていかれるなんてね」

「あの男は紳士にしては、ポーカーが強過ぎる。あれは……」

私はここでとどめをさした。

「お母さまは何て言うかしら」

「お前!」

お父さまは顔を上げた。子どもみたいにおびえていてすごくおかしい。

「母さんには何も言わないだろうな。心配させるだけだからな」

私は何も答えず、ちょっと肩をすくめてみせた。

「考えてもみなさい。あの優しい母さんがどれだけ傷つくか」

「お父さまこそ考えてみて。お父さまは私が家名に泥を塗ったとか言うけど、私は兵士のみなさんのために少しでもお金をつくりたかっただけよ。ちょっとダンスをしただけ。酔っぱらったお父さまとは違うわ。それなのにひどいこと言われて、あ、なんだか泣けてきちゃう。タラに帰ったら、お母さまに、どっちが悪いかちゃんと聞いてもらうつもりよ」

「やめろ、やめてくれ」

「だってお父さまが」

「わかった、わかった。もう気にしなくていい。遠く離れたところにいたから、父さんは何もわかっていなかったんだ」

「でも、私を家に連れて帰るんでしょう」

「連れ帰るものか。あれはただの脅しだ。だから昨夜のことは母さんに黙っていてくれ」

「じゃあ、タラに帰ってお母さまにちゃんと言ってね。あれは婆さんたちのやっかみだった。誤解だったって」

「お前は全く変わっていないな」

お父さまはため息をついた。そう、タラにいた時も、私たちはしょっちゅういろんな取り引きをしていたんだっけ。

お父さまの願いで、〝迎え酒〟のブランデーを取りに行きながら、私はほくそ笑んだ。これでアトランタにいられる。私はもうじき喪服を脱ぐ。そうしたらふつうの娘のように、兵士たちとピクニックに行くんだもの。パーティーにも出かけよう。

私はその時ふと気づいた。昨夜のことはみんなバトラー船長が仕組んだことじゃないかしら。

そしてそんな呑気《のんき》な日々はすぐに終わった。戦争はもうじき私たちに襲いかかろうとしていた。

14

もう誰も、

「あと一回勝てば戦争は終わる」とか、

「北部人《ヤンキー》は腰ぬけだ」

とは言わなくなった。

戦争はまだ終わらない。喪服を着る女はどんどん増え、オークランド墓地の兵士の墓は、日に日に増えていく。

街からビスケットやロールパン、ワッフルが消えていった。肉屋に牛肉はほとんどなくなり、あるのは豚や鶏ばっかり。

北軍による港の封鎖はさらに厳しくなって、紅茶、コーヒー、絹、コロン、雑誌や本といったものは今や贅沢品《ぜいたくひん》だ。私なんか今年になってから、一枚もドレスを新調していない。この頃はたいていの家で、埃《ほこり》をかぶっていた織機を屋根裏部屋から持ち出していた。自分たちで布を織るためだ。そうしてそこらにピーナッツバター色の手織り布を見るようになった。女性も子どもも兵士も、黒人も、みーんなこの貧乏ったらしい布でつくった服を着ている。あの誇り高い南部連合の、グレーの布はどこかに消えてしまった。

私がボランティアで通う病院では、とっくにキニーネやアヘン、クロロホルム、ヨードが不足していた。リネンや包帯だって使い捨てなんてとんでもない。私は毎日、バスケットに山のような包帯を詰め込んで帰り、うちに帰って洗たくをした。アイロンだってちゃんとかける。召使いにやらせずに、この私がちゃんとやった。タラにいた頃は、すべてをお母さまとマミイにまかせていたこの私が。

誰にも言ったことはないし、もし知られたら大変なことになるけれども、私は戦争がわりと気に入っていた。楽しい、といってもいいかもしれない。だって今までの古くさい価値観やつまんない礼儀作法がすっかり消えてしまったんだから。

夫のチャールズが死んでからの一年間は、本当に退屈だった。そう、レット・バトラー船長が言った、インドの女みたい。インドの女の人は、夫が死ぬと一緒に焼かれてしまうんだって。確かに私は精神的には、死んだ女みたいだったかも。好きでもない男が死んだからって、喪服を着てずうっとおとなしくしていなければならなかったんだから。アトランタに来ても、つくろいものをするか読書をするかの毎日だった。本なんか大嫌いだから、本当につまらなかった。

ところがどう？　戦争が激しくなるにつれ、未亡人でも一年たてばふつうにふるまえるようになった。そのとたん、若い兵士たちがうるさいほど寄ってくる。

あなたの家を訪ねていいかとか、あなたのような美しい人に会ったことがないとか、言うことはタラにいた時と同じなんだけど、違っていたのは、死がすぐ隣りにあったため、男の人たちの告白がものすごく切実だったこと。

「あなたのために戦い、あなたのために死ぬことは光栄です」

と言われて手にキスされると、本当に胸が締めつけられる。こういうの嫌いな女がいる？

もちろんアシュレのことを忘れたわけではない。私は時々メラニーの部屋に忍び込んでアシュレの手紙を読んでいた。もしタラのお母さまがこのことを知ったら、驚きと怒りで死んでしまうだろう。手紙は私にはよくわからないことばかり。二人で読んだ本とか、二人で語った夢がどうのこうの。アシュレは戦地にいるのに、戦争が目に入らないようだ。相変わらずぼんやりとしたむずかしいことばかり語っている。でもそれがアシュレらしくて、私は手紙をぎゅっと抱き締めた。

私は本当に、本当に彼のことを愛している。

でも他の男の人から、

「どうかこの戦争から帰ってくるまで待っていて欲しい。そして私の妻になって欲しい」

とささやかれるのとは話は別。私は結婚する気はこれっぽっちもないけど、久しぶりに聞く愛の告白やプロポーズは、やっぱり好き。すごく楽しい。

そう、そう、戦争のおかげで、アトランタ、いいえ南部の社交界もすごくゆるくなってきた。今は紹介状なんかなくても、男の人が気に入った女性の家を訪れることが出来る。そして二人の気が合えば、手をつないで街を歩くことも平気だ。

あのうるさ型のメリウェザー夫人は娘たちに、結婚するまでは、キスもいけないと教えていたらしい。だけど娘のメイベルは、義勇軍の兵士としっかり抱き合ってキスをしていた。そして母親のメリウェザー夫人が部屋に入ってきても、まるっきり恥ずかしがらなかったんですって。兵士はその場でプロポーズしたらしいけれど、夫人はなかなか許さなかったっていう。

だってそれまでの南部のしきたりでは、何ヶ月もかけて何回も結婚を申し込む。娘たちは最初の二回ぐらいは断り、うんと相手をやきもきさせたうえで、やっとオーケーするのがエレガントとされた。

だけど今、そんな悠長なことは言ってられない。男の人はすぐに戦地に行き、そのまま死んでしまうかもしれないんだから、すぐに結婚を申し込む。女の子たちだって、母親にいくら言われていても、一回めのプロポーズにわっと飛びつく。だからあちこちで、カップルがいっぱい出来上がったわけ。

メリウェザー夫人は、自分の娘の結婚話に激怒し、

「もう南部もおしまいよ。こんなけじめも礼儀もない世の中になって」

と言いふらし、まわりのおばさん連中は、

「すべては戦争のせいよ」

とため息をつく。

でも私にとって、こんなにエキサイティングな日々はなかった。戦争が永久に続いてもいいと思うぐらい。食べ物やドレスさえちゃんと手に入ればね。だって病院の傷ついた兵士たちはみんながみんな、私に恋した。ちょっと包帯を替えてやったり、顔を洗ってあげるだけで、もう私に夢中になった。ここアトランタでは、未亡人はもう珍しくも何ともない。ふつうの女として扱ってくれる。

一年前の喪に服していた時とまるで違う。私はまた元のスカーレットに戻ったみたいだ。本当は結婚もしなかったし、チャールズも死ななかったし、子どもも産まなかった。

そう、あれはなかったことと考えれば、私は元の娘に戻れるわけ。息子のウェイドは、乳母や召使いがちゃんとめんどうをみてくれているので何の心配もいらない。ほうっておいてもすくすく育っていく。

私はこの頃パーティーに出てダンスをしまくった。時々は兵士と馬車で出かけ、ちょっとしたキスぐらいはさせてあげる。そう、パーティーの準備に行く人々を、窓から眺めて羨《うらや》ましさのあまり、泣き出したことが嘘《うそ》みたい。ついこのあいだのことなのにね。

そして時々はタラに帰って、お母さまに甘えた。お母さまはすっかり痩《や》せていてびっくりした。戦争のために南軍からいろいろな要求があり、お金や綿花を供出するためにわが家はてんてこまい。お父さまもとても忙しそうだ。二人の妹たちも自分のことにかまけている。スエレンは、もうあのフランク・ケネディと婚約したようなもの。戦争が終わったら結婚するんだって。あんなおじさんの、いったいどこがいいのかしら。キャリーンは、やっぱりブレント・タールトンとつき合い始めていて、彼に夢中だった。タールトン兄弟といえば、ずうっと私にまとわりついていたから、かなり面白くない。そんな頃合いを見はからったように、アトランタのピティ叔母さんとメラニーから手紙が来る。

「早く帰ってきて。あなたがいないと家がまわっていかないの」

私はこの手紙を見せたうえに、自分は病院で介護という大切な用事があるんだと嘘をついた。一日も早く、私のとりまきとダンスをしたいなんて、言えるわけがない。

お母さまは私を抱き締めた。

「ちゃんと話をする時間が取れなかったわね。あなたがうちの小さな可愛い娘だっていうことをちゃんと確かめたかったのに」

私も言う。

「私もお母さまの小さな娘よ」

一八六二年の秋はこんなふうに過ぎた。

お母さまには内緒にしていたことがもうひとつある。それはレット・バトラーと時々会っていたということ。

彼は他の男の人たちとはまるで違う。三十代半ばというおじさんだから、私をまるで子どものように扱う。馬車でドライブに連れ出したり、ダンスパーティーやバザーに一緒に出かけるけれど、他の男の人たちみたいにガツガツしていない。その代わり、よく私を怒らせる。

私が頭にカッと血がのぼり、言葉も出てこないさまを、とても愉快そうに見つめるのだ。そんな時、いつも私は思う。

——本当にみんなが言うとおりだわ。生まれはいいらしいけど、下品で粗野な男。紳士じゃない男ともうつき合うのはやめよう——

それなのにレットは、しばらくするとまたアトランタに現れ、表向きにはピティ叔母さんを訪ねてくる。お土産をいっぱい持って。そして今や貴重なボンボンの箱を、私に捧《ささ》げるように渡してくれるのだ。

私をお姫さまのように扱うかと思えば、小さな駄々っ子のようにからかうのが彼のやり方だ。

レットのことを、

「なんて素敵な人なの」

と騒いでいる若い娘がいっぱいいるけれどそうかしら。確かに——レットはとても体が大きいけれど、身のこなしは優雅だ。おしゃれなことはこのうえなく、戦争中というのに、白い絹のシャツにピカピカのブーツを履《は》いている。彼がしばらくやってこないと、どうしているのかしらと心配でたまらない。彼の馬がピティ叔母さんの屋敷に着いたとたん、私は胸がドキドキしてすぐにでも階段を駆け降りたくなる。そのくせ彼に会うと、すぐにぷんとふくれたり、憎まれ口をきいてしまう。

私は彼に恋しているんだろうか。

まさか。私にはアシュレがいる。アシュレ以上に愛することが出来る男の人は、この世にはいない。

　私はレットに、いちばん恥ずかしいところを見られている。そう、私の告白を退けたアシュレに激怒して、花瓶を投げつけたところに彼は居合わせたのだ。あんな無礼な男だけれど、彼を完全に拒否出来ないのは、あの秘密を握られているっていう気持ちがあるせいかもしれない。

　とにかくレットは、私たちの屋敷によくやってくるようになった。

「女所帯の家にしょっちゅう来られても……」

と最初はぶつぶつ言っていたピティ叔母さんだけれど、彼のプレゼント攻勢にすぐにやられてしまった。叔母さんはサプライズの贈り物が大好き。レットは近頃では手に入らなくなった絹糸やヘアピン、ボタンといった女たちがいちばん欲しがっているものを持ってくる。

「あの人のことはさっぱりわからないけど……」

　叔母さんはため息をついた。

「でも、あの人が心の底で女性を敬っている、というのを感じさせてくれさえすれば、とても魅力的な感じのいい男性だと思うわ」

叔母さんはなかなか鋭いかも。そこへいくとメラニーなんか本当に甘い世間知らずだから、レットのことを完璧に信じている。彼ぐらい思いやり深い紳士はこの世にいないと思っているから始末に負えない。

そういうメラニーに対して、レットは本当に優しく礼儀正しくふるまう。メラニーの毛糸巻きの手伝いさえする。私には……そうじゃない。彼の私を見る、あのあつかましい視線ときたら。ドレスの下の体を知っているといわんばかりだ。とにかく私は、あの男は、嫌い。傍《そば》にいてもいいけど、愛することなんか出来やしない。

そう、あの秘密を知っているくせに、私に図々しく近づいてきているのだから。そして私が何かのきっかけでアシュレの名前を出すと、本当に感じの悪い皮肉な笑いを浮かべる。だけどメラニーが、アシュレのことを自慢すると、ものすごく思いやり深い的を射た言葉を口にするのだ。

「そうですとも、ウィルクス夫人。あなたのご主人ほど、知性と勇敢さとをあわせ持った方は、他にいるものではありません」

なんだか私はその光景を見ていると腹が立ってくる。そして二人きりの時についロに出してしまった。

「私とメラニーとじゃ、比べものにならないわ。それなのにどうして、彼女ばっかり優しくするのかしら」

言ったとたん、しまったと思ったけれどもう遅い。

「それって妬《や》いていると思ってもいいのかな」

にやにやしている。

「ふざけないで。そんなんじゃないわよ」

「また希望が打ち砕かれたな。まあ、いいだろう。僕がウィルクス夫人に優しくするのは、そうする価値があるからだよ。あの人ほど誠実で優しくて、無私の女性に会ったことがないよ。あの若さですべての美徳を持っている。それなのに君は、彼女の素晴らしさに気づいていないね。彼女こそ本当のレディなんだ」

「私はレディじゃないって言いたいわけ？」

「その点に関しては、最初に会った時に合意していなかったかな」

また笑う。そう、あの花瓶を投げたウィルクス家の図書室のことを言っているんだ。本当にいらいらする。あんなことはずっと昔のことで、私はすごく大人になっている。充分にレディだと思う。それなのに、

「君が別に変わったとは思わないよ」

だって。

「今だって自分の思いどおりにならなければ、花瓶をぶっつけることなんか平気だろうさ。目下のところ、全部自分の思いどおりになっているから、骨董品《こっとうひん》を壊すことはないだろうがね」

私がいろんな男の人と、恋愛ごっこをしているのを知っているんだ。

「あなたって最低の悪党よね。本当に最低」

「そんなことを言えば、僕がカッとなるとでも思っているのかい。期待にそえなくて悪かったね。確かに僕は最低の悪党だ。それがどうした。ここは自由の国で、悪党になりたければなったって構わないんだぞ。本当のことを言われて怒るのは、君みたいな偽善者だけだよ」

そして彼は「マイ・ディア・レディ」と私に微笑《ほほえ》みかけた。

「君は心が真黒けのくせに、それを隠そうとするんだな」

私はわなわなと震《ふる》えたけど、なすすべがなかった。私は大きな声で抗議したかったけれどそれは出来ない。だって私の心が真黒けって間違っていないもの。メラニーの机を開けて、アシュレの手紙を盗み読みしている私。そうよ、レットは私のことを全部知っている。なのにどうして、こんな心が真黒けの女に近寄ってくるのか、私にはわからない。いったい私に何をしたいの。どうして私に跪《ひざまず》かないの。本当にわからないことばかり。そして会えば腹が立つことばかりなのに、私は彼から離れられない。本当に不思議な仲だ。

口惜《くや》しいことに、レットはいつのまにかアトランタ一の有名人になっている。彼は大酒と「女性とのトラブル」が原因で、ウエストポイント士官学校を退学させられたことは皆が知っている。彼はチャールストンの名家の令嬢と婚約していたのに、それを破ったために彼女のお兄さんと決闘した。そしてお兄さんを殺してしまったんですって。これも誰もが知っている彼のストーリー。

その後、彼はお父さんに勘当され、無一文で家から叩《たた》き出された。二十歳の時だった。それから彼は一八四九年のゴールドラッシュでカリフォルニアに流れつき、そこから南アメリカとキューバに渡った。

これまたチャールストンの社交界からもたらされた情報によると、女性がらみのいざこざがたえず、発砲騒ぎを何度も起こしている。中央アメリカの革命家たちのために、銃の密輸もしたし、ギャンブルにかけてはプロらしい。

実は私たちジョージア人は、大の賭博《とばく》好き。賭《か》けごとで身を滅ぼした身内を持たない家庭は、まず一軒もないといってもいいぐらい。ギャンブルに負けて、お金や土地、奴隷を失った人が、どこの一族にも一人はいる。そう、私のお父さまが最初の農園を手に入れたのも、カードに勝ったからだ。賭けに負けてすべてを失ったとしても、まだ紳士ということになる。だけどプロのギャンブラーとなったら話は別だ。まっとうな人間じゃないっていうこと。

封鎖破りっていう南部連合への貢献がなかったら、レットはアトランタの上流の人々に受け入れられなかったはず。みんな愛国心にかられていたから、南部のためになる人間だったら、たいていのことは目をつぶるようになっている。

レットっていう人は、ものすごい強運に恵まれているらしく、彼の船は一度も沈んだことがない。四隻の船は腕ききの水先案内人によって、闇夜に乗じてチャールストンやウィルミントンから船出する。そしてバハマの首都ナッソーやイギリス、カナダに綿花を運ぶのだ。帰りは大切な軍需物資を運んでくるから、皆はレットに一目置かざるを得ないっていうわけ。

特に女たちの彼を見る目は熱い。荒馬を乗りまわし、お金をかけた流行の最先端の服を着ている。今はどんな人だって、つぎのあたったものやすり切れたものを着ているというのに。彼は細かいチェックや市松模様のズボンをはいていて、女の私よりずっとおしゃれだ。

彼はこのセンスと財力とで、あのアトランタ一のうるさ型、メリウェザー夫人さえ籠絡《ろうらく》したんだからすごい。夫人の娘、メイベルが例のキスした相手と結婚することになったんだけど、ウェディングドレスにする白いサテンなんて、もう南部に一ヤードもありはしない。そうかといって誰かに借りようにも、アトランタ中のサテンのウェディングドレスは、もうすべて軍旗に変わってしまっている。メイベルはわんわん泣いたんだって。わかるような気がする。いくら戦争中だといっても、結婚式の時は白いサテンのドレスは着たいもの。少しも結婚なんかしたくなかった私だけれど、それでも式の時に美しい白いレースのドレスを着たら少しは気が晴れたことを思い出した。

でもメリウェザー夫人は、メイベルを激しく叱《しか》ったらしい。戦時下の花嫁は、手織りのドレスこそふさわしいと。あんなヘンなピーナッツバター色のドレス、誰も着たくないはずと、私はちょっとメイベルに同情したくらい。
そしてびっくりすることが起こった。メラニーからこの話を聞いたレットは、何ヤードもの白いサテンとレースのヴェールを英国から持ちかえった。メイベルのために。そして結婚祝いとして贈ったのだ。メイベルは喜びのあまり、レットにもう少しでキスをするところだったらしい。メリウェザー夫人は、有難さ半分、困惑半分、というところだったかもしれない。それでもお礼にレットを夕食に誘い、それでアトランタでの彼の地位は決まったといってもいい。

そのままでいけば、レットはアトランタ一の人気者になっただろう。だけど彼はそんなに単純な男じゃない。皆からの尊敬と、しぶしぶながらの好意をしっかりと手に入れたとたん、彼の中のあまのじゃくな部分が次第に暴れ始めた。私たちの大切な南部連合のことを見下すような態度をとり、自分はすべて金儲《かねもう》けのためにやっている、なんてことを平気で口にするようになったのだ。今まで皆に認められようと殊勝な態度をとっていたのに、突然の変わりように、みんなは最初困惑し、次に激しく憎悪するようになった。

私は最初から、レットがこういう人間だということをよく知っていた。彼がものすごく礼儀正しい時は、相手を馬鹿にしてからかっているんだし、封鎖破りも愛国心からなんかじゃない。お金が儲かるしそれが面白いから。彼の意地の悪さというのは天下一品で、実に巧妙に人に残酷な罠《わな》をしかける。その人が恥をかくようにしむけるのだ。

そしてとうとう事件は起こった。エルシング夫人が傷病兵のために催した音楽会でのことだ。その夜、屋敷は休暇中の兵士や病院の入院患者、義勇軍の兵士たちで溢《あふ》れかえっていた。もちろんアトランタの名家の婦人や娘たちも出席している。みんな兵士を楽しませるために、何かするように義務づけられていた。

次々とピアノや歌が披露され、私はメラニーと二重唱を歌った。その後は仮装してポーズをとり、大喝采を浴びた。その夜のパーティーの主役は私だった。喪服を着ているけど、いちばん魅力的で綺麗《きれい》なのはやっぱり私。

レットはちゃんとこのことを見ているのかしらと、私は彼の姿を探した。遠くで彼が議論しているのを見た。あたりには緊張した沈黙が漂っている。州兵の制服を着たウィリー・ガイナンが怒りに充《み》ちた声でこう言っていた。

「つまり、こういうことですか。我々の英雄が命を捧げた戦いの大義は、神聖なものじゃないとおっしゃりたいのですか」

「そうですねえ、君がもし列車に轢《ひ》き殺されたとしても、その死によって鉄道会社が神聖になるか、と問われたら違うような気がしますけれどねえ」

「レット船長……」

　相手の声はわなわなと震えていた。

「この屋敷に招《よ》ばれている最中でなかったら……」

「何が起こるかと考えると、体が震えてしまいますな。何といっても、君の勇敢さはそりゃあ有名ですからな」

　ウィリーは真っ赤になり言葉を失った。まわりの人たちは顔を見合わせる。ウィリーは健康でたくましい体をし、もう兵役年齢に達したけれどまだ前線に出たことがない。ひとり息子だったたし、州を守る州兵だって必要なことはみんな知っている。だけどレットのせいで、士官たちの間から忍び笑いがもれた。私は腹が立って仕方ない。どうしてこんな場所で、人を侮辱することを言うのかしら。せっかくのパーティーが台なしじゃないの。

ミード先生が近づいてきた。その顔には怒りではなく悲しみが浮かんでいた。

「君には神聖なものなど、何ひとつないのかもしれない。けれども南部の愛国者には、神聖なものがたくさんあるんだ。われわれの国土の自由を侵略者から守ることもそのひとつだし、ジョージアの州の権利を守ることもそのひとつだ。そして……」

レットはけだるそうな顔で、先生の言葉を遮《さえぎ》った。

「戦争とはすべて神聖なものですよ。戦わなければならない者にとってはね。戦争を神聖化しなかったら、わざわざ戦う馬鹿がどこにいるでしょうか。そして戦う間抜けどもに、どんな目標を掲げてみせようと、どんな崇高なことを言っても、戦争をする理由はひとつしかない。金ですよ。実際のところ、戦争はどれも金をめぐるつまらない喧嘩なんですよ。でもそれに気づいている人間はほとんどいない。安全な家にこもりきりの、政治家どもが口にする耳ざわりのいい言葉しか入ってこないんです。そのかけ声は、大昔だったら『キリストの墓を異教徒から守れ』、『教皇制を倒せ』だったりするでしょう。今はさしずめ『綿花、奴隷制、州権のために』ということですかね」

怖《おそ》ろしい沈黙があった。そこにいた人たちは、怒りのあまり声が出てこないのだ。

レットはそういう人たちを前に、気取って大げさにお辞儀をしてドアに向かった。

私はあわてて後を追おうとしたけれど、エルシング夫人に止められた。

「行かせなさい」

凛《りん》とした大きな声が、あたりを圧した。

「止めるんじゃありません。あの男は裏切り者よ。お金のために汚ない先物取引だってしてたのよ。私たちは今まで、あの毒ヘビを家の中に入れたりして、なんて馬鹿だったんでしょう」

レットはふり返り、茫然《ぼうぜん》とする人々をおかしそうに眺めた。そしてもう一度深々とお辞儀をすると出ていったのだ。

レットは南部の女を見くびっていたと思う。あの人たちが怒るとどんなに怖いかを知らなかったのだ。

メリウェザー夫人にせっつかれてミード先生は行動を起こした。新聞に投書したのだ。戦争に乗じて、暴利をむさぼる悪徳商人を何とかしなくてはならないと。もちろんレットのことだ。この投書がきっかけとなって、新聞は一大キャンペーンを張った。

北軍によってチャールストン港が実質的に封鎖されてしまってから、今、船が入る大きな港はウィルミントンだけになった。そこに投機師たちは殺到し、船荷を買いつける。そして値上げするまで押さえておくのだ。

物価はすごい勢いで上がり、日用品はどんどん不足していった。私たちは我慢するか、商人の言うとおりの高値で買うかのどちらかを選ばなくてはならなくなったのだ。

私はもちろん我慢したくなんかない。幸いチャールズの遺《のこ》してくれた不動産は、毎月大きな利益を生んでくれたので、封鎖破りの信じられない値段のチョコレートやコーヒーを買いまくった。こんな風になるのは私だけではないらしく、みんなが競って贅沢品を欲しがった。明日になればまた物価が上がり、紙幣の価値が下がるだろう。そう思った人々は目を血走らせ、手持ちのお金を高い品々につぎ込んだ。

ウィルミントンと、ジョージア州の首都をつなぐ鉄道はたった一本だけだったから、輸送がとても間に合わない。貨車を待っている間に、何千樽《だる》もの小麦粉や何千箱ものベーコンが途中でダメになった。それなのに投機師たちが売ろうとするワインやタフタ、コーヒーはウィルミントン港に荷揚げされた二日後には、必ずリッチモンドに届くようだった。つまり商人たちは、日用品を押しのけて、ずっとお金になるものを運んでくるのだ。

そしてそれまで密かにささやかれていた噂《うわさ》は、今や公然と口にされるようになった。レット船長は自前の四隻の船で封鎖破りをし、その積荷を前代未聞の高値で売っているばかりか、他の船の積荷まで買い占めて、値をつり上げるために押さえているとか。ウィルミントンとリッチモンドに何十もの倉庫を持ち、そこに食材と衣類がぎっしり値上がりを待っているとか。

ミード先生の投書はこう締めくくられていた。

「封鎖破りという仮面をかぶり、私利私欲をむさぼる悪党たち。この人の形を借りたハゲタカどもに、最も正しき大義のために戦う人々の憤怒《ふんぬ》と復讐《ふくしゅう》の鉄槌《てっつい》がくだることを祈っている。我らが息子たちが裸足《はだし》で戦場に赴く時に、ハゲタカたちはぴかぴかのブーツを履いて、われわれの兵士たちが焚火《たきび》のまわりで身を震わせ、かびたベーコンをかじっている時に、彼らはシャンパンを飲み、高級なパテを楽しんでいる。どうしてこんなことに耐えられるだろうか。すべての南部人に呼びかける。ハゲタカどもを追いはらおう」

メリウェザー夫人がピティ叔母さんのところにやってきた。

「あの男を出入りさせているのは、もうこの家ぐらいよ。きっぱりと礼儀正しくこう言ってやりなさい。もうおいでいただくことはかないませんと」

私はむかついた。今まであんなに世話になっていながら、娘のウェディングドレスをつくってもらいながら、こんな言い方ってある？　おばさんたちは結集してレットを、この街から追放するつもりなんだ。でも何も言えない。また夫人を怒らせて、お母さまに告げ口されたら怖いもの。

だけど驚いたことに、メラニーが口を開いたんだ。

「私はまたあの方とお話しするつもりです。失礼な真似《まね》はしたくありません。うちにも来ていただくつもりです」

顔は真青だ。夫人も叔母さんもぽかんとしている。

「船長は不作法です。あんなことを大声で言ってはいけません。でも、あれは……、アシュレも考えていることなんです。夫と同じ考えを持つ人を出入り禁止には出来ません」

メリウェザー夫人は大きく深呼吸した。やっと息を吹き返したのだ。

「こんなひどい嘘を聞かされたのは生まれて初めてだわ。ウィルクス家には臆病者などひとりもいないはずよ」

「アシュレが臆病だとはひと言も言っておりません」

すごい、メラニー！　メリウェザー夫人に立ち向かっている。

「バトラー船長と同じ考えでいると申し上げただけですわ。いつも手紙でそう書いてきています」

ちらっと私の方を見たと思ったのは気のせいだったのかしら。あなたも同じ手紙を読んでいるからわかるでしょう、とその目は言っているようだった。正直に言おう。私はあの手紙の半分も意味がわからなかった。ただ愛の言葉がないか探していただけ。だけど手紙にはそんなことが書かれていたの？　メラニーだけにわかる言葉。メラニーとアシュレだけに通じる戦争の意味。

その時、私は泣きたくなるほど嫉妬にかられたんだ。

15

私は十八歳になった。

今、私の肌は張りがあって自分でもうっとりするほど。十六の時よりもずっと綺《き》麗《れい》になっている。エメラルドにたとえられる、私の緑色の瞳もきらきらしているはず。だけどそういうのをヴェールで覆わなくちゃいけない。そして喪服を着ると、私は十歳以上老けてみえる。

もううんざりだ。もう二年近くこういうものを着ている。私はインドの未亡人じゃないけど、本質は変わらないんじゃないかしら。

私の喪の時はもう終わって、メラニーと一緒にいろんなところに行っている。戦争資金を稼ぐパーティーにも出るし、病院にも行って包帯巻きだの薬の整理をしている。それなのに、どうしてこんな効率の悪い喪服を着なきゃいけないんだろう。

ヴェールは後ろに垂らすと、ボンネットからかかとまであるんだから。もう最悪。だけど私は脱ぐことが出来ない。明るい色のドレスを着たら、すぐに街中の噂《うわさ》になる。そしておばあさんたちが目をつり上げるだろう。タラのお母さまに告げ口するのは目に見えている。お母さまを悲しませたくはない。絶対にそれだけはイヤ……。

そういう私を、いつもレットはからかう。レットはアトランタ中のつまはじき者となって、通りを歩いていても、みんなから無視されるほどだ。彼の挨拶にも応えない。

彼の訪問を受け入れていた家も次の年にはドアを閉ざした。一八六三年になっても、彼が出入り出来たのは、ピティ叔母さんの家だけ。もしメラニーがいなければここもダメだったろう。あのおとなしいメラニーが、メリウェザー夫人に立ち向かっていった時はびっくりした。

「夫と同じ考えの方を、拒否することは出来ません」

とか言っちゃって。アシュレとレットが同じ？　そんなことあるはずないじゃないの。

ピティ叔母さんは、街のおばあさんたちにいろいろ言われて、もうどうしていいのかわからない。おろおろしている。

「あんなに評判の悪い男なのよ。戦争を利用して私腹を肥やすハゲタカだって。それにあの人の目、本当に怖いの。あの人に見つめられると死ぬほど怖くなってしまう。ねえ、お願い、メラニー、スカーレット、あの男に言いなさい。もうこの家に来ないでくださいって……」

そのくせ、すごく魅力的な小さなプレゼントをもらうと、彼を締め出す意地がくじけてしまうのだ。

私はもちろんレットが来るのは大歓迎。だけどそんなことを知られるのは絶対にイヤだから、つい憎まれ口を叩《たた》くことになるのだけれど。そういう時、彼は本当に楽しそうだ。彼は私のことを「緑色の目の偽善者さん」と呼ぶ。

「君はどうして本当のことを口にしないんだい。アイルランド人は思ったとおりのことを言うんじゃないのか。本当のことを言ってみろ。時々は口を閉じているのが苦しくて、爆発しそうになるんじゃないのかい」

「まあね……」

私もしぶしぶ本当のことをうち明けた。

「大義だ、名誉の戦いだとか、毎日そんなことを聞いているとうんざりしちゃうもの。でもね、レット、本当に思っていることを口にしたら、誰も話してくれなくなるし、誰も踊ってくれなくなるわ」

「そりゃそうだ、ダンスの相手だけはなんとしてでも確保しなきゃなあ……」

彼はいかにも同情しているように深く頷《うなず》いた。私のことをからかうのが楽しくてたまらないのだ。

「君の自制心の強さにはおそれ入るよ。とても真似《まね》出来そうもない。それにいくら都合がよくても、正義だ愛国主義だの仮面をかぶるのもごめんだね。といっても、あと一年ぐらいの辛抱だが」

「まあ、なんてことを言うの」

私は叫んだ。

「もうすぐイギリスとフランスが、南部の味方になってくれるのよ。こんなこと、みんな知っているじゃないの」

「なんたること、スカーレット。君は新聞を読んでいるんだな。これは驚いた。そんなものは二度と読むんじゃない。あれは人の頭を混乱させるためのものなんだ。いいかい、僕は一ヶ月前にイギリスにいた……」

レットは急に真面目な顔になった。

「いいことを教えてやろう。イギリスは決して南部連合を助けない。負け犬に手を差しのべない。それでこそ大英帝国だ。それに今、王座に座っているヴィクトリア女王さまは、ドイツの血をひいているから、えらく信心深いときてる。絶対に奴隷制度なんて認めないさ。南部の綿花が手に入らなくて、イギリスの工場労働者が飢えたとしても知ったことじゃない」

「フランスがいるわ、フランスは助けてくれる」

「とんでもない」

彼は首を横に振った。

「あのナポレオンの出来そこないの甥《おい》っ子は、メキシコを何とかしようとやっきだ。とても南部連合なんかに構っていられない。それどころか、アメリカのこの戦争は大歓迎だよ。南と北がいがみ合っている間は、自分がメキシコで好きなことが出来るからね」

そう、二十年前、アメリカとメキシコは激しく戦っていたんだと思い出す。地続きの国だもの。アシュレとメラニーのお父さま方は、この戦争で勇敢に戦ったんだ。そのおかげで、アリゾナやコロラド、ネヴァダっていうたくさんの西部の土地を手に入れたんだ。そう、私たちアメリカ人は、誇り高く勇気ある国民、今は南部人っていうただし書きがつくけど。

私はレットに嫌味を言う。

「そうそう、あなたって、あのウエストポイントの出身なのよね」

あの名門の陸軍士官学校はエリートの軍人を輩出するところで、頭がよくなければまず入学出来ない。レットって、口ではいろんなこと言ってるけど、最初はちゃんと国のことを考えていた、立派な青年だったっていうわけ。

「今からでも遅くないわ。これから南部連合に入隊するべきだわ。そしてあなたの故郷チャールストンを守るの」

「馬鹿馬鹿しい」

彼は真顔になった。

「僕はそんな名誉なんてまっぴらだ。これは僕を追い出した社会制度をぶっ壊す戦いなんだ。それを早く見たいよ。さぞかし楽しいことだろうね」

社会制度って何？　彼はチャールストンの名家に生まれたのに、家から勘当された。それはいわゆる、下品な言い方をすると「手を出した」娘と結婚しなかったから。そんなことは許されることではない。だからその娘のお兄さんと決闘することになり、殺してしまったんだ。そういうのって、私は制度以前の問題だと思うんだけど……。

彼は私の心のうちをわかったに違いない。急にその話を始めた。

「僕はチャールストンの慣習に従わなかったし、従えなかったんだよ。チャールストンこそは、ザ・南部だ。南部の悪いところを後生大事に守っている。君も聞いていると思うが、例の噂の娘だ」

私は彼をじっと見つめる。なぜかこの話はちゃんと聞いておかなければと思ったのだ。

「事故が起きたから暗くなるまでに家に送り届けられなかった。ただそれだけの理由で、どうして退屈なばか娘と結婚しなきゃいけないんだ」

私は深く息を吸い込む。

「僕の方が射撃の腕が上なのはわかりきっているのに、どうして血走った目をした兄貴に殺されなきゃいけないんだ。もし僕が紳士だったら、おとなしく殺されたかもしれない。そうしたらバトラー家の名誉は守られただろう。スカーレット、南部の生活様式は中世と同じだ。それなのにこんなに長く続いたのが不思議でたまらないよ」

その理由は私ならわかるわ。私たち南部の人間は、二代前まではみーんな移民だった。私の家の場合は、お父さまがアイルランドからやってきた。ヨーロッパのどこかの国で、ろくに食べることも出来ない貧しい人間たちが、夢を求めてこのアメリカにやってきた。そして真似したのは、かつて目にしていた故国の上流社会の人たちの生活。だからやたら形式ばって、仰々しくなっている。貴族の真似っこをしてきたんだから仕方ない。

あのチャリティ舞踏会で、私がレットと踊った時の騒ぎをよく憶《おぼ》えている。みんな卒倒するかと思うぐらいショックを受けていたっけ。他の娘とちょっとでも違ったことをすると、たちまち非難の的になる。

私だってこんなしきたりは大嫌い。だけど「もうイヤッ」と脱け出す勇気はない……。だって私はまだ、お母さまの小さな娘だし、このアトランタで生きていかなきゃならないんだもの。メラニーとピティ叔母さんを守り、一応あっち側の人間として生活を続ける。そしてアシュレの帰りを待つ……。

「スカーレット、君には正直なことを言っておこう。前にも言ったが、大儲《おおもう》け出来るチャンスは二つある。一つは国が出来上がる時、もう一つは国が滅びる時だよ。崩壊時には一気に金は動く。憶えておくといい」

この男は本当に南部連合が負けると思っているんだ。私は初めて恐怖を感じた。たぶん、それは正しいと、心のどこかで思っているからじゃないだろうか。

だから私は、精いっぱい強がりを口にした。

「役に立つご助言ありがとうございます。でも大丈夫、うちの父もそれなりのお金持ちなの。一生私が困らないだけのものはあるわ。それにチャールズの遺産もたっぷりとあるし」

レットはまた、あの不敵な笑いを浮かべた。

「たぶんフランスの貴族たちも同じことを考えていたんじゃないかな。断頭台に行く護送車に乗せられるその瞬間までね」

フランス革命。女学校で習った。それが終わったのは今から六十年以上前。遠い遠い昔の話だと思いたかった。

レットはそれからも、足しげくうちにやってきた。船に乗っていろんなところへ行くらしいけれど、荷物を積んでアトランタに帰ってくる時は、必ずここに遊びにくる。もっとも彼を受け容《い》れているのは、このピティ叔母さんのところだけなんだけど。

久しぶりにやってきた彼は、まだ私が喪服とヴェールをつけているのを見て驚いた。

「わざわざメリウェザー夫人の真似をしようとしているんだね。君はもっと趣味がいいと思っていたのになあ。悲しくもないのに、悲しんでいるふりをするのは、君のプライドにもかかわるだろう。よし、賭《か》けをしよう。これから二ヶ月以内に、君の頭からそのボンネットとヴェールをはずして、パリ製の帽子をかぶせてみせるよ」

「そんな話しないで」

チャールズを愛していなかったのは確かだけど、レットのからかいの種にされるのはやはり可哀想過ぎる。

「ああ、見ていてくれよ」

レットはにやりと笑って出ていった。明日からウィルミントンに行くんですって。それから数週間たった、とてもよく晴れた夏の朝だった。久しぶりに現れたレットの手には、大きな円い帽子の箱があった。叔母さんとメラニーは出かけていて、家には私しかいないのを幸い、レットはさっそく開けてみせた。

なんて美しい帽子！　何重もの薄紙にくるまれて出てきたのは、今まで見たこともない新型のボンネットだった。深緑色のタフタでつくられていて、表地は淡い翡《ひ》翠色《すいいろ》の絹。顎《あご》の下で結ぶ絹のリボンは、たっぷりと幅があってやっぱりエメラルドグリーン。そしてへりには形のいい緑色のダチョウの羽根があしらわれていた。

「かぶってみろ」

レットは私に命令したけれど、気にならない。とてもいとおしそうに、私に微笑《ほほえ》んでいたからだ。

私ももうとりつくろわなかった。とぶようにして鏡の前に立った。帽子を頭にのせ、イヤリングが見えるように髪を後ろにやった。そして絹のリボンを顎の下で大きく結んだ。

この帽子が似合うのは、アメリカ中探しても私だけだろう。なんて可愛いの、なんて素敵なの！　われながらため息が出ちゃう。

「どうかしら」

後ろをふり向いた。レットの目を確かめるまでもない。私にうっとりと見惚《みほ》れていた。

「ああ、レット。このボンネット、私が買うわ。このために全財産使っても構わないわ」

そう言いながら彼に近づいていった。この帽子は私へのプレゼントだと当然わかっていた。だけどそうやすやすと、彼の手に乗るものかと思う。買うと告げたのは、淑女のたしなみというものだ。

「もちろん君のボンネットだ」

彼はおごそかに言った。私の望んでいたとおりの口調。

「この色合いの緑を、君以外に身につけられる女がいるかい。君の目の色を、僕が憶えていないと思ってたのかい」

私と同じことを考えている。これはもう告白しているのと同じだ。

「本当に私のために買ってきてくれたの？」

「ああ、箱にリュー・ド・ラ・ペと書いてあるだろう」

パリの有名なお店らしいけど、そんなことはどうでもよかった。今いちばん大切なことは、二年ぶりに喪服用じゃない綺麗な帽子をかぶったこと。そして帽子をかぶった私が、魅力的かどうかっていうこと。

そして鏡の中の私は完璧だった。この帽子さえかぶっていれば、私は何だって出来る。どんな男の心だって私のものに出来る……。

でも私にはしなくちゃならないことがあった……。

「気にいらないのか」

「まさか。夢みたいに素敵よ。でもこの綺麗な緑色を黒いヴェールで隠して、羽根も黒く染めなきゃいけないなんて」

レットは無言で私の前に立った。そして長い指で器用に私の顎のリボンをほどいた。

「何をするの？　この帽子、私にくれるって言ったじゃないの」

「しかし、喪服用のボンネットに替えられちゃたまらないからな。他の誰かにあげることにしよう。緑の目をした淑女で、僕のことをよくわかってくれる女性にさ」

「そんなのダメ！」

私は大きな声で叫んだ。

「絶対にダメ。これが私のものにならなかったら死んじゃうわ。ああ、お願い、レット。意地悪しないで。これは私のものよね。私に頂戴」

「そして他の帽子と同じように、ぞっとする黒にするのかい。ごめんだね」

「絶対に色を変えたりしない。約束するから。だから私に売ってほしいの」

私はお母さまの言葉を思い出していた。キャンディとお花は構わないわ、ってお母さまはいつも言っていた。〝それと詩集、アルバム、コロンの小瓶までよ。たとえ婚約者からでも高価なものを受け取っては絶対にダメ。宝石や着るものはもってのほか。手袋やハンカチもいけません。そういうものを受け取ったら、男の人たちはあなたがレディではないと思って好き勝手なことをするのよ〟。

「ねえ、これっていくらするの」

「そうだなあ、南部連合紙幣なら二千ドルってとこかな」

「二千ドル！」

とんでもない値段にびっくりした。

「今は五十ドルしかないわ。でも来月になったら入ってくるはず」

「金はいらないよ。これは贈り物さ」

レットははっきりと口にした。そう、私へのプレゼントだと最初からわかっていた。もらってもいいような気がしてきた。だってこの帽子は私のためにあるようなものだし、レットはそのために持ってきたんでしょう……。でもお母さまが言っている。高価な贈り物をもらうと、男の人は好き勝手するって。

「私、五十ドル払うから」

「そしたらその金はどぶに捨てよう。それとも君の魂を救うためにミサをしてもらおうか。君の魂は何度かミサをしてもらう必要がありそうだし」

レットの憎まれ口に私の心は決まった。鏡の中の私を見る。ああ、なんて素敵。リボンの色と私の瞳の色はぴったり同じなのよ。鏡の中にレットの顔が入ってきた。

「いい？　紳士から受け取っていいのは、キャンディと花だけですよ……」

彼の口ぶりに私は思わず噴き出してしまった。どうしてこんなこと知っているの？

「本当にあなたって悪者よね。知恵がまわるんだから。こんな綺麗な帽子、自分のものにしたくない女がいると思う？」

レットは微笑んでいた。優しいんじゃない。半分私をからかっているような笑い。

「ピティさんにはこう言えばいいさ。タフタと緑の生地見本を渡して、ボンネットの絵を描いてみせたら、五十ドル巻き上げられたってね」

「いいえ、百ドルと言うわ。叔母さまは街中にふれまわるわ。みんな死ぬほど羨《うらや》ましがって、私は贅沢《ぜいたく》過ぎると悪口を言われるはずよ」

でも男の人から、高価な贈り物をもらったと噂されるよりもずっといい。それはだらしない女ではない、ということになるもの。

「レットありがとう。でも高価な贈り物はこれきりにしてね」

「いや、僕はこれからも何か持ってくるつもりだ。僕がそうしたいと思う限りはね。今度はその帽子に似合う絹の生地を持ってこよう。だけど親切でやってるんじゃないぞ。ボンネットや絹で君をたらし込むつもりなんだ。忘れるなよ。僕がすることには必ず理由があるんだ」

彼の目が私の唇の上で止まった。いよいよキスをするつもりなんだわ。やっぱり男の人の考えることはみんな同じだ。とにかくまずキスをしたがる。だから一回めのキスをいつさせるか、女はうんと考えるわけだけど、今はさせてもいいかも。ここで拒んで帽子を取り上げる、なんてことはまさかあるわけないだろうけど、やすやすと受け容れていい気にさせるのもちょっとね……。でも仕方ないわ。この帽子をくれたんだもの。キスをさせてあげましょう……。

沈黙があった。そう、キスの前のあの静かな一瞬。だけどレットは私に近づいてこない。

どうしていいのかわからず、私はつんと肩をそびやかした。

「高価な贈り物は嬉しいけど、私にどんな見返りを期待しているのかしら」

「それは後でのお楽しみだ」

「でも、それで、私があなたと結婚すると思ったらそれはないわよ。絶対にないから」

ここまではっきり言っておかないとね。

レットの短い口髭《くちひげ》の下で、白い歯がきらりと光った。

「おお、マダム、それは自惚《うぬぼ》れというものでありましょう。僕は君とは結婚するつもりはないね」

「それを聞いて安心したわ」

「君とだけじゃない。僕は誰とも結婚するつもりはない。僕は結婚に向いていない男だからね」

「でしょうね」

私はふんと笑った。

「私だったらあなたと結婚もしないし、キスもさせたくないもの」

「だったら、どうして唇をそんなおかしな形にしてるんだい」

私はあわてて鏡の方を向いた。確かに私は自分でも気づかないうちに、唇をすぼめていたんだ。キスを待ちかまえて……。

「もう、あなたなんか大嫌い」

腹が立って仕方ない。どうしてこの男の前だと、うっかり手の内を見せてしまうんだろう。他の男の人では通用することが、この男の前ではまるで歯が立たない。

「そんなかんしゃくを起こすなら、このボンネットを踏みつぶしたらいい。さあ、やってみろ。君が僕や僕の贈り物をどう思っているか見せてくれ」

「私の帽子に手を触れないで！」

　本気で叫んだ。

「私の帽子に何かしたら、ただじゃすまないから」

　後ずさりして、レットはそれを追った。私の手を握る。本当におかしそうに笑いながら。そう、たいていの場合、レットって私を見て笑ってる。

「ああ、スカーレット、君はなんて若いんだ。まだ子どもだよ。それを思うと胸が痛くなるほどだ。さあ、君のご期待どおりキスをしてあげよう」

　彼は身をかがめ、その口髭が軽く頬《ほお》をかすめた。唇への本格的なものじゃなかったから、ほんのちょっぴりがっかりしたけど。

「さてと、これで君は淑女のたしなみを守るために、僕をひっぱたくのかな」

　私はまた噴き出してしまった。この帽子のせいで、また私の評判は悪くなるだろう。でももうそんなことはどうでもいい。私はどんなことをしてもこの帽子をかぶりたかった。

私は知っているもの。このアトランタで、私より美しく魅力的な女はいないっていうことを。この帽子はそれをみなに知らしめるシンボルになるはずだって。

翌日、私は口いっぱいにヘアピンをくわえ新しい髪型と格闘していた。

リッチモンドから帰ってきたばかりのメイベルによれば、今あっちで大流行している髪型〝キャッツ・ラッツ・アンド・マイス〟というやつ。猫とネズミとハッカネズミという名前は、三つの巻髪をつくるのだが、これがとてもむずかしかった。でも絶対にうまくやってみせる。なぜって今日の夕食にレットがやってくるから。昨日ちゃんとキスをしなかった彼に、私はいらついていた。私は彼のことを少しも好きじゃないけど、彼のあののらりくらりした態度は許せない。もっとはっきりとした態度をとらせたいんだ。それは私に夢中になるっていうこと。レットは私の新しい髪型やドレスに敏感だから、何か工夫をこらさないといけないわけ。

巻髪をやっと二つつくり終えた時、私は階下の玄関ホールを走る足音を聞いた。えっ、メラニーなの？　でもどうして。メラニーはいつもしとやかにひっそりと歩くのよ。私はヘアブラシを持つ手を止めてそれを聞いた。やがて階段を一段とばしで上がってくる音。メラニーがドアを開けて飛び込んできた。

びっくりだ。いつもの彼女じゃない。頰が真赤で涙を流している。ボンネットがずり下がって、スカートの張り骨が激しく揺れてるわ。

「ああ、スカーレット！」

メラニーがベッドに座り込んだとたん、安物の香水のにおいがあたりに広がった。

これっていったいどういうこと？

「ああ、スカーレット。私、もう少しで気を失うところだったの。叔母さまに言いつけるってピーターが脅すんだもの」

私と違って優等生のメラニーが、告げ口されるなんてあり得ない。

「いったい何を言いつけるっていうの！」

「私があの人と話をしたから……あの髪の赤い女の人。ベル・ワトリングっていう名前の人と」

「まあ、メラニーったら」

私は大声をあげた。こんなショックなことってある⁉

初めてアトランタにやってきた頃、あの女を見てびっくりした。髪を不思議な赤に染めていたから。街を案内してくれたピーターは、絶対にあの女を見ちゃいけませんよと言ったものだ。兵士を追ってたくさんの娼婦《しょうふ》がこの街に住みつくようになったけど、その元締めなんですって。

上流の人たちが住む界隈《かいわい》に現れることはなかったけれど。街中で彼女を見かけたら、ちゃんとした女性は大急ぎで近くから離れることになっている。その悪名高いベル・ワトリングとメラニーが口をきいたなんて、ピーターが怒るのも無理はない。

「叔母さまに知られたら、きっと街中の人たちに言いふらすわ。私、どうしよう……」

メラニーはすすり泣いた。

「私が悪いんじゃないのよ。ただ、どうしても逃げられなかったの。だってそんなことをしたら失礼でしょう。スカーレット、私、あの人をとても気の毒だと思うの。そんな風に感じるのはいけないことなのかしら……」

そんなことはどうでもいいけど、メラニーが娼婦と話をしたなんて。娼婦っていったいどんな風なのか、私は興味津々《しんしん》だ。

「それで、それで、どんな用事だったの？　話し方は？　格好は？」

「文法は間違いだらけだったわ。でも品よくちゃんとしようと一生懸命頑張っているのはわかったわ。可哀想な人よ。病院から帰る時、ピーターも馬車も待っていなかったから歩いて帰ろうと思ったの。そしてエマソン家の庭のそばを通りかかったら、あの人、生け垣の陰に隠れていたのよ。そしてこう言ったの。『ミセス・ウィルクス、ほんのちょっとだけお話しさせて』って……」

そこでメラニーはハンカチで涙をぬぐった。

「どうして私の名前を知っていたのかわからないわ。逃げなくっちゃって思ったんだけど、スカーレット、あの人、とても悲しそうだったの。何かを訴えかけているように見えたの。黒いドレスとボンネットで、お化粧はしていなかったわ。あの髪を除けば、本当にちゃんとしてたの。それからね、話しかけちゃいけないのはわかってます。だけどあの老いぼれクジャクのエルシング夫人に話そうとしたら、病院から追い払われてしまったから、ですって」

「老いぼれクジャクっていうのは、いいセンスだわ」

思わず笑っちゃった。

「笑わないで。少しもおかしくないわ。あの人はね、病院のために何かしたいって何度も申し出たんですって。私だってあなたたちと同じ南部人ですものって。スカーレット、私、本当に感動したのよ。これっていけないこと?」

「別にいけなくないわよ。それで、それで、それで……」

「病院に奉仕に行く女性たちをずうっと物陰から見ていて、私がいちばん優しそうな顔をしていたんですって。だから呼び止めたって。お金をいくらか持ってきていて受け取ってほしいって。病院のために使ってほしいって。でもお金の出どころは、絶対に内緒にしてほしいって。それで私の手の中にこの汚いハンカチを押し込んだのよ」

そのハンカチは薄汚れていて、安香水のにおいがぷんぷんした。中には硬貨が入っていて、二人で結び目をほどいた。金貨がひと握りあった。数えてみる。五十枚の金貨!

「ねえ、スカーレット、どう思う。あの人、何かの力になりたいと望んでいたのよ。神さまはたとえ汚れたお金でも気になさらないかしら。ねえ、スカーレット、どう思う?」

私はもう話を聞いていなかった。激しい屈辱感で体が震えていた。

その汚れた男もののハンカチには、イニシャルが刺繍《ししゅう》されていたからだ。R・K・B。私はこれと同じハンカチを持っている。昨日レットが貸してくれたもの。今日返そうと洗たくをしておいた。そこにもこの〝R・K・B〟というイニシャルが入っていた。

つまり、こういうこと。レットはあのワトリングっていう卑しい女とつき合っている。あの女と一緒に過ごした後、平気で私のところにやってきていたんだわ。彼女のお金の出どころは、あのレットじゃないの。

あの男、なんて厚かましいの。男の人たちがこっそりそうした女の人のところへ通うのは知っている。でもそれは下品な育ちのよくない男に限ったことだと思っていた。

それなのに私のすぐ目の前にいて、しょっちゅう私のところにやってくる男が、娼婦と呼ばれる女とつき合っていたなんて。

ああ、いやだ。いやだ。

男の人はみんな汚らわしいわ。奥さんにさえあんなはしたない行為を強いるだけでも充分悪いことなのに。

私はチャールズとの短い結婚生活の間、そういうことを何回か数えるほどしたけれども、ちっともいいとは思わなかった。女は子どもをつくるために、仕方なくしてるんじゃないかしら。それなのに同じ行為を娼婦としてるなんて、レットって最低。もう顔も見たくない。

今夜、このハンカチを顔に投げつけて、もう二度と来ないでって言おうかしら。でも私がベル・ワトリングを知っていることがばれてしまう。私が娼婦という存在を知っていることがわかってしまう。

ああ、本当にどうしたらいいんだろう。

私は階下の台所へ、ピーターを探しに行った。今日のことを絶対にピティ叔母さんに言わないように頼むために。

夕食のために料理用コンロが勢いよく燃えていた。私は安香水のにおうレットのハンカチをその中に投げ入れた。たちまちそれは炎の中に消えていった。

私は本当にどうしたらいいの。

16

一八六三年の夏を、私たちはわくわくする気分で迎えた。だって戦争がもうじき終わりそうだったから。

その前の年の暮れ、南部連合はフレデリックスバーグで大勝したばかり。五月にはチャンセラーズヴィルでまたもや北軍をうち破った。

このあいだは北部の騎兵隊が、ジョージアに奇襲をかけようとしたんだけれど、敗《ま》けるような南軍じゃない。なんでも北軍は、アトランタとテネシーを結ぶ生命線である鉄道を切断して、アトランタに攻め入ろうとしたんですって。アトランタは南部連合の要《かなめ》で、工場や軍需品の倉庫が集中している。それをすべて焼きはらおうとしたっていうから怖《おそろ》しい。もし勇敢なフォレスト将軍がいなかったら、南部は大変なことになっていただろう。でも大丈夫。将軍は敵のわずか三分の一の兵士で戦って、北軍全員を捕虜にしたんだ。

そしていよいよリー将軍がペンシルベニアに進攻することになった。リー将軍！　リー将軍！　私たちの英雄。今夜こそ北軍との戦いに終止符をうってくれるだろうってみんな信じている。

今こそ北軍は思い知るはずよ。自分たちの国に戦火が拡《ひろ》がるってどういうことか。私たちは知っている。彼らが、ミズーリやケンタッキー、テネシー、ヴァージニアでどんなひどいことをしてきたか。彼らは占領地で家に火をつけ、牛や馬を奪い、男はみんな牢屋《ろうや》にほうり込み、そして女と子どもを飢えに苦しめるのだ。

アトランタはテネシー東部からの避難民であふれかえっている。その人たちはみんな口々に言う。北軍の兵士が暴虐の限りをつくしていることを。

そうよ、北部ペンシルベニアも、テネシーと同じようにするべきなんだ。北部の街を焼き尽くさなきゃいけないんだ。それなのにリー将軍はペンシルベニアで、私有地に手を出してはいけない、軍規を破った者は死刑に処するって命令を下した。つまり掠奪《りゃくだつ》してはいけないっていうこと。飢えた南軍の兵士が、勝手にパンや肉を奪って食べちゃいけないって。これにはみんなが怒りまくった。戦地でそこまで紳土面《づら》するなっていうこと。私もそう思う。北部の連中にそこまでしてあげることはないんだから。

七月のはじめ、ミード先生の長男ダーシーから手紙が届き、みんなの手から手に渡り、リー将軍への怒りをさらにかきたてることとなった。それは、

「お父さん、なんとかしてブーツを一足手に入れてもらえませんか」

という書き出しだった。

「もう二週間も裸足《はだし》でいるけれど、新しいものが手に入る見込みがまるでないのです。こんなに大足でなかったら、他の連中と同じように死んだ北軍の兵士からひっぱがすんだけれど、僕と同じくらいの大きさの北軍兵士にまだお目にかかったことはありません。

僕たちはどこに向かっているのか今は何もわかりません。今日トウモロコシ畑を通って進軍しました。見たこともないような広大なトウモロコシ畑です。このトウモロコシをつい掠奪しました。あまりにも空腹だったので。リー将軍には内緒です。しかしまだ熟してなくて、下痢が悪化してしまいました。下痢腹をかかえて歩くよりは、ケガをした足をひきずって歩く方がまだましかもしれません。お父さん、何

とかしてブーツを手に入れてください。僕はもう大尉です。それなのに裸足で歩いています」

この手紙を読んで、私のまわりの人たちはみんな涙した。私もじーんとしてしまった。私もよく知っているハンサムなダーシー、金髪の青年。その彼が下痢のお腹をかかえて裸足で歩いているなんて、可哀想すぎる。

「でも、あと一度勝てば戦争は終わるのよ。そしてダーシーは帰ってくるのよ」

とミード夫人は目をうるませていたっけ。

だけど七月三日、北部前線からの電信が不意にとだえた。臆測が流れて、あと一勝すれば戦争は終わるという喜びは消え、恐怖が街を覆った。そして最悪のニュースが。長い包囲戦の末に、ヴィックスバーグが陥落したんだ。ってことは、これでセントルイスからニューオリンズにいたるまで、ミシシッピー川全体が北軍のものになったってこと。南部は西と東で分断されてしまったんだ。

アトランタの街は、不安と焦りとで静かな暗い街になった。ただじりじりと太陽の光だけが熱い。女たちはいたるところに集まり、身を寄せ合っていた。「便りがないのはいい便りなんだわ」って、使いふるされた言葉でお互いを慰め合った。

そしてあの噂《うわさ》が飛び交った。戦いに負けた。リー将軍は戦死したのだと。静まり返っていた街は、突然動き始めた。みんな駅に群がる。それから電信局、新聞社の施錠されたドアの前に立った。声を出す人は誰もいない。みんな自分の夫や息子が、無事で生きているかそれを確かめようと詰めかけているのだ。

その日、私たちは馬車に乗ってデイリー・イグザミナー新聞社の前にいた。私たちっていうのは、私、メラニー、ピティ叔母さんのこと。叔母さんは興奮のあまり鼻をぴくぴくさせていた。メラニーは青白い顔を全く動かさない。日よけのパラソルの下、まるで彫刻みたいだ。とても暑い日だったけれど、私もここから動くつもりはなかった。だってここにアシュレが無事でいるかどうかの知らせが届くんだ。私が真先にそれを見るんだもの。

人混みの端の方で動きがあった。立っている人が道をあける。馬に乗ったレット・バトラーだ。本当にいい度胸をしている。この町で軍服を着ていない男は、老人と子どもくらいのもの。ぴかぴかのブーツを履《は》いて、真白のリネンのスーツを着たレットは本当に場違い。栄養たっぷりのつやつやした顔に、高そうな煙草《タバコ》をくわえている。この炎天下、すきっ腹で裸足で戦う南部の兵士のことを考えたことがあるんだろうか。

　誰かが「山師」って叫んだけどあたり前だわ。みんなの憎悪が彼に集まろうとしている時、彼は私たちの馬車に近寄り、帽子のつばを上げた。そして大きな声をあげる、群衆に向かって。

「皆さんにお伝えにまいりました。先ほど本部に行きましたら、最初の死傷者リストが入ってきたそうです」

　人々はざわめき始め、すぐにも新聞社の方へ走っていきそうになった。

「しかしリストは今、印刷中だそうです。もうしばらくこのままお待ちください」

「ああ、バトラー船長」

　メラニーは叫んだ。目に涙を浮かべてる。

「わざわざ知らせに来てくださるなんて。なんてご親切なんでしょう」

　レットは単に目立ちたがり屋で、ここぞという時にいいかっこをしたいだけ。いつもながらメラニーは、なんてお人よしなんだろう。

　それからいくらもしないうちに、新聞社の窓が開き、刷りの束を持った手がぬっと出てきた。インクがにじんだ紙には、ぎっしりと名前が並んでいる。みんなそれを手に入れようと突進した。奪い合いが始まった。一枚を二人で争うあまり、びりりと破れる事態も起こった。あまりのすさまじさに、私たちは近づくことも出来ない。

「手綱を頼む」

レットはピーターに向かって綱を放り投げると、ひらりと地面に飛び降りた。まわりを乱暴に押しのけて進んできたかと思うと、すぐに数枚を持ってきた。そして馬車のまわりにいる知り合いの女たち、ミード夫人、メリウェザー夫人、エルシング夫人に配った。もしかしたら愛する人の死を伝えるものかもしれないのに、レットは平気で手渡す。まるでピクニックのお知らせのように淡々と。でも女たちはそうはいかない。

「お願いよ」

メラニーがあえいだ。自分で読む勇気はないんだ。私はリストをひったくった。

W……W……アシュレの苗字《みようじ》・ウィルクスの始まりはW……神さま……。

「ウィルキンズ……ウィンゼビュロン……ああ、メリー、ないわ。アシュレの名前はないわ！」

そのとたんメラニーの目から嬉し涙が噴き出し、ピティ叔母さんは気を失った。私は喜びのあまり、キャーッと大声をあげそうになり、必死でおさえた。

神さま、あの人を見逃してくれて本当にありがとうございます。アシュレは生きている。死んでいない。ケガ人のリストにも入っていない。なんて素晴らしい……。

気づくと低いうめき声が聞こえた。振り返ると、ファニー・エルシングが母親の胸に顔をうずめていた。「家へ」と夫人が御者に命じる。きっと彼女の恋人が戦死したんだろう。

妊娠しているメイベルも、喜びを隠さない。

「メリー、メリー。ルネは無事よ、このリストに載っていない、生きているのよ」

このあいだ結婚したあの小男のことだ。

「ミセス・ミード……、まさか……」

メイベルの声が変わった。見るとミード夫人はうつむいたままだ。

「ミセス・ミード、ミセス・ミード」

名前を叫ばれても顔を上げない。けれど隣りにいるフィル少年の顔を見れば、何が起こったかはすぐにわかった。彼は泣くまいと歯を喰《く》いしばっているからだ。

ミード夫人はやっと顔を上げて、メラニーを見つめた。

「あのブーツはもういらなくなったわ……」

「ああ、そんな」

メラニーは叫び、馬車から降りてミード夫人のところに駆け寄った。そして夫人を抱き締める。

「お母さん、まだ僕がいるよ」

もうじき十六歳になるフィルがこぶしを震《ふる》わせた。

「お母さんさえ許してくれれば、僕はすぐに入隊する。そして北軍を皆殺しにするんだ」

「フィル・ミード、お黙りなさい」

メラニーは夫人を抱き締めたまま、鋭い声で命じた。

「あなたまで戦場で死んで、それがお母さんのためになると思うの？　さあ、お母さんを連れて家に帰るのよ、急いで」

二人が去るとメラニーは私の方を向いた。今日の彼女はとても威厳があり、淡々と命令するのだ。

「スカーレット、叔母さまを家に送り届けたらすぐにミードさんのおたくに来て。バトラー船長、このことをミード先生に伝えていただけますか。今は病院にいらっしゃるはずです」

ミード先生はアトランタの保守派の会長といった存在で、私はとても苦手。病院の仕事を手伝っているけれど、メラニーと違って私は叱《しか》られてばかりいる。ミード夫人にいたっては、もう本当に私を目の敵《かたき》にしている。しかし今は気の毒でならない。大切な長男を亡くしてしまったのだ。そのことを聞いた夫人は、どんなにつらいだろう。

馬車で帰る途中、私はもう一度手の中のリストを眺めた。アシュレが無事でいることがわかって、やっと他の名前を見る余裕が出てきた。なんて長いリストなの。でもアトランタの友人たちの名前を確かめないと……。

ああ、なんていうことかしら。カルヴァートの名前がある。私の幼なじみ。最初に私に夢中になった男の子。

「フォンテイン、ジョセフ！」奥さんのサリーが子どもを産んだばっかりなのに。

ああ、あまりにもひどいわ。つら過ぎる。でも続きを読まなくっちゃ……。

これ、まさかね。タールトンの名前が三つも載っているわけがないわ。そうよ、急いだあまり、誰かがタイプを間違えたんだわ。三回同じタールトンと打ってしまったんだわ。

でも三人のタールトンの名前はみな違い、どれもがよく知っている名前だった。

タールトン、ブレント　中尉

タールトン、スチュワート　伍長

タールトン、トーマス　兵卒

なんていうこと！　タールトン家の三人の兄弟は死んでしまっていた。

ブレントとスチュワート。陽気な脚の長い双児。いつも私の両脇にいて、一緒にふざけ合いダンスをし、どちらかの隙《すき》を見て私にキスした男の子たち。その彼らはもうこの世にはいない。

こんなひどいことってある？　嘘《うそ》よ、嘘よ、嘘に決まっている。でも戦死者リストに彼らの名前が……。

神さまはアシュレを殺さなかった代わりに、こんなひどいしっぺがえしをしていたのだ。

タールトン家の双児が死んだことで、私は私の青春が終わったことをはっきり知った。今、ここにいるのは戦争におびえる、一人の子持ちの未亡人なんだ。

「どうした、スカーレット」

レットの声に私は顔を上げた。馬車のすぐ傍《そば》に、馬に乗った彼がいるのをすっかり忘れていた。

「友人がたくさんいたのか？」

私はこっくりした。大嫌いなレットだけれど、素直に喋《しゃべ》っていた。

「故郷のほとんどの家で戦死者が出てるわ。それにあのタールトン兄弟も。双児だけじゃなくてもう一人亡くなっているのよ」

レットは静かに頷《うなず》いた。その目にはいつものようなからかいの色はない。

「だけどスカーレット、そのリストはそれで終わりじゃないんだ。これはまだ第一報で完成したものじゃない。わかっているだろうが」

もしかするともっと長いリストなら、アシュレの名前が載っているかもしれない。それにこのリストは今日で終わったわけじゃない。そして来週もさ来週も、この死亡者名簿は出るんだ。

「ああ、レット、どうして戦争をしなくちゃいけないの。北部が黒人のためにお金を払うっていう最初の条件を吞《の》めばよかったのに。いいえ、私たちがただで黒人を解放してもよかったのよ。こんなことになるなら、そっちの方がずっとましだったわ」

私はバーベキューパーティーが行われたウィルクス家の午後を思い出した。開戦だ、開戦だといきりたつ南部の男たちに対して、老人のひと言。

「戦争などしたがるものではない」

ああ、よくわかった。よくわかったから、もう終わりにしてちょうだい……。

「問題は黒人じゃないんだ、スカーレット」

レットは静かに言った。

「それはただの口実だ。いつだって戦争は必ずある。なぜって男は戦争が大好きだからね。女は戦争が好きじゃないが、たいていの男は好きでたまらない。女の愛もかなわないほどに」

私の耳にあのパーティーの日の、男たちの歓声が甦《よみがえ》る。

「南部連合、万歳！」

「戦争だ、戦争だ」

「北部人《ヤンキー》を叩《たた》きつぶしてやるぞ」

気づくとレットは、いつもの皮肉な微笑を浮かべていた。そしてつばの広いパナマ帽をちょっと持ち上げて、私に別れの抱擁をする。

「それじゃ僕は、ミード先生を探しに行く。息子さんの死を告げる役割が僕にまわってくるとは何とも皮肉だね。おそらく先生はそのことにまだ気づいていない。そして後で、自分の大嫌いな山師が息子の死を告げたことに、やりきれない気分になるだろうね」

クリスマスシーズンがやってきた。兵士たちは故郷に帰ってくる。こんな戦いの最中だけど、兵士たちは当然の権利のように故郷に向かうのだ。たぶん北部の兵士たちも。

私のアシュレも、二年ぶりに帰ってきた。といってもウィルクス屋敷にではない。今、彼の故郷は、メラニーが待つアトランタのピティ叔母さんの家なんだ。

彼はまるで別人のようになっていた。ウィルクス屋敷にいた時は、一分《いちぶ》の隙もないしゃれた格好だったのに、今はつぎあてだらけの軍服だ。輝くようだった金髪は、太陽に焼かれて脱色した麻くずみたい。だけどアシュレは、千倍以上魅力的になっていたのだ。細身の色白の体は、陽《ひ》やけしてすっかり引き締まり、たくましくなっている。騎兵隊風の口髭《くちひげ》がよく似合っていた。

二年前、彼がメラニーと結婚した時、胸がはり裂けそうになり、もう私の人生はおしまいだとさえ思ったっけ。しかし今考えると、あれは子どもがおもちゃを取り上げられた時の反応のようなもの。

ずっと長いこと、彼のことだけを考え続けてきたから、アシュレへの思いはとぎすまされ、まるで結晶のようになっている。でも結婚をし、夫を失った私は、その結晶を、自分の胸の奥深くに隠すすべを知っている。そうでなかったら、どうしてこんな風にふつうにふるまうことが出来るかしら。

本当のことを言うと、私はタラでクリスマスを過ごすつもりだった。だけどアシュレのことを聞いて計画を変えたんだ。

だってアシュレと二年ぶりに会えるのに、どうして別のところに行くことが出来る？

私はアシュレと同じ部屋にいるということだけでうっとりとしているんだもの。彼と離れていた間、たとえ戯れだとしても、他の男の人をハンサムだとか素敵と思った自分が信じられない。アシュレがこの世にいるのに、どうして他の男の口説き文句を聞いたり、キスを許したりしたんだろう。

私はソファに座るアシュレを見つめる。彼の右隣りにはメラニー、左隣りにはインディアが座っている。ウィルクス屋敷には帰れないからと、アシュレはお父さんと妹たちをアトランタに呼び寄せているのだ。

ああ、アシュレの隣りに座り、腕をからめる権利があったら。彼の手を握り、彼のハンカチで喜びの涙をぬぐうことが出来たら。メラニーはそのどれもを恥ずかし気もなくやっている。誰はばからず、夫の腕にひしとしがみついている。

前だったらそんなメラニーに腹を立てたり、嫉妬したりしただろう。だけどもうそんなことはしない。私もとても幸福だったから。アシュレはあの戦死者のリストから逃れたのだもの。

私は時々頬《ほお》に手をあてて、アシュレの唇を思い出している。

最初のキスを受けたのはもちろん私じゃない。まずメラニー。次はインディアとハニー、それからアシュレは父親を長いこと抱き締めていた。長いいろんな思いが籠《こ》もった抱擁。次はピティ叔母さん。叔母さんは興奮のあまり、足をばたばたさせていた。

それでやっと最後に私の番がまわってきたというわけ。彼は驚いたように私を見つめ、そしてこう言った。

「ああ、スカーレット、なんて綺麗《きれい》なんだ」

そう言って私を抱き締め、頬にキスをした。天にも昇る気持ちって、ああいうのをいうんじゃないのかしら。ぼうっとなって、私へのキスは頬っぺたで、唇じゃないって気づいたのはずっと後だ。

でも大丈夫。まだ一週間あるのだ。二人きりになるチャンスをつくって、それとなくしかけてみよう。だって私がキスをしようとして出来なかったことはただの一度もないんだから。優しい言葉を口にし、ぼんやりとした上目づかいをしさえすればいい。ああ、私はアシュレとちゃんと唇のキスをするわ。そして私がずっとアシュレのことを愛していたと告げよう。そうしたら彼だって、考えを変えてくれるに違いない。メラニーみたいなつまらない女と、これから先ずっと一緒に暮らすことの意味を本気で自分に問うはず。

アシュレは二人の戦友を連れてきていた。とても感じのいい二人の若者で、私に夢中になったのはすぐにわかった。もちろん私は気づかないふりをしていたけど。アシュレがいるからそれどころじゃないわ。

彼がその二人を駅まで送りに行った時、メラニーは私に言った。

「アシュレの軍服、あんまりよね。私は上着をどうにかしようと思うの。でもズボンをつくる布はないわ」

今やこのアトランタで、軍服用の灰色のウールは超貴重品だった。宝石よりも高い値がつく。

あのピーナッツバター色のぶさいくな布地だって、この頃は不足していて、南軍の兵士は捕虜となった北軍の兵士の軍服を、クルミ染料で暗褐色に染め直している。ところがメラニーは、奇跡的に灰色のブロード生地を手に入れたのだ。しかしそれは上着をつくる長さしかない。

その生地の出どころを私は知っている。病院で介護していた若い兵士が亡くなった時、メラニーは髪をひと房切ってお悔やみの手紙と共に故郷の母親に送った。それをきっかけに文通が始まり、前線にメラニーの夫がいることを知った兵士の母親から、生地が送られてきたというわけ。おそらく封鎖破りのすごく上等の生地。死んだ息子のために、やっとの思いで手に入れたものだろう。

もちろん私もアシュレのために、クリスマスプレゼントを用意しておいたけれど、それは上着に比べればとても見劣りがするかも。フランネルでつくった小さな裁縫箱。中には貴重な縫い針とリネンのハンカチ、糸が二巻き、小型のハサミが入っている。私はこれを二人きりになった時に渡したいの。

だけど二人きりになれる時間なんてありはしない。メラニーがぴったりくっついていて片時も傍から離れなかった。あの私の大嫌いなインディアも、しょっちゅう兄の後をついてまわってる。アシュレのお父さまでさえ、息子と静かに語る時間がないほどなのだ。

夕飯の最中も、みんなはアシュレを質問ぜめにする。

「リー将軍を見たことがある？」

「テネシーってどんなところなの」

アシュレは戦争の話はしたくなさそうだったのに、皆につき合ってあたりさわりのないエピソードを手短に語った。肝心なことには触れない、という風に。

早くみんな帰ってくれればいいのに――

私の願いが通じたのか、暖炉を囲んでいた人たちがあくびを始めた。アシュレのお父さん、二人の妹たちはホテルへ引き揚げていく。後には私とアシュレ、そしてメラニーとピティ叔母さんが残った。私たちはあかりを持つピータージいやについて階段を上がる。

アシュレとメラニーは、ドアの前に立ち、私に告げた。

「おやすみなさい」

私は見た。メラニーの頬が赤くなるのを。とても幸せそうに目を伏せる。そしてアシュレが寝室のドアを開け、彼女を中に入れる。二人だけの場所だ。アシュレは私と目を合わせないようにして中に入る。

あのドアの向こうで、何が行われるか私は知っている。死んだチャールズと経験があるからだ。チャールズとのそれは少しも楽しくなかった。性急にことは終わった。それなのにメラニーはとても幸せそうだ。相手がアシュレだから。

妻ということだけで、愛されてもいないのにメラニーはこれからアシュレに抱かれるのだ。私は初めて激しく嫉妬した。やっとわかった。メラニーがいる限り、私は決してアシュレと二人、この寝室に入れないっていうことを。妻っていうことだけで、メラニーはアシュレをひとり占め出来るんだ。私はいつのまにか涙を流していた。

こんなのってある？

アシュレがヴァージニアに戻る日がやってきた。夢のように一週間はたってしまったのだ。

私はこれからアシュレなしで生きる。だから思い出をいっぱいつくろうと思った。彼の笑い方、しぐさを、しっかり目に焼きつけた。彼のいない間、思い出を小出しにしてゆっくり噛《か》みしめるのだ。

私は客間のソファに座り、アシュレのやってくるのを待っていた。最後の最後にやっと二人きりになれるチャンスが来た。メラニーは別れのつらさに耐えられないからと階下に降りてこないのだ。ピティ叔母さんも自分の部屋で、枕につっぷして泣いている。

アシュレはとても長いこと二階の寝室にいた。ドアは固く閉ざされ、泣き声もつぶやきも聞こえてこない。いったい何をしているのかしら。私の持ち時間が少なくなっていく。私はじりじりするような思いでソファに座っている。

やがて階段を降りてくる彼の足音が聞こえた。アシュレが現れた。新しい上着はちょっと寸法が狂っていたけれど、こんなハンサムな兵士を見たことがなかった。私の王子さまを私は誇らしく見つめる。

「アシュレ、列車を見送りに行っていい？」

「いや、やめた方がいい。駅には父と妹たちがいるから。それよりもここでさようならを言う君を憶《おぼ》えていたいな」

なんでこんな言葉を今さら言うんだろう。どうして二人っきりの時間をつくってくれなかったの。いいえ、いろんなことを考えるのはやめよう。

「だったらやめておくわ。ねえ、アシュレ、プレゼントがあるの」

私の、餞別《せんべつ》の品は長い黄色のサッシュだった。中国製の厚手の絹でつくられ、房飾りがたっぷりついている。これは半年前、レットからプレゼントされたストールを切り、たんねんに派手な刺繍《ししゅう》を取り除いたもの。裁縫箱だけでは寂しいと思い直して徹夜でつくったんだ。我ながらいいアイデア。

「スカーレット、なんて綺麗なんだ。つけてくれないか。このサッシュと新しい上着の僕を見たら、みんな顔色を変えて羨《うらや》ましがるぞ」

私はサッシュをアシュレのベルトに巻きつけた。彼の体に触れる喜びといったら！

「とても綺麗だ。でもこれをつくるために、君は自分のショールかドレスを切ったんだろ」

「アシュレ」

喉の奥を押さえつけて、激しい言葉が出ないようにした。

「あなたのためなら何だってするわ」

心臓を切り取ってもいい、という言葉は呑み込む。

「本当かい？」

「もちろんよ」

「だったら僕のためにして欲しいことがある。僕の代わりにメラニーのめんどうをみてくれないかい」

え、どうして、私にそんなことを言うの。

「彼女はとても体が弱いのに自分では気づいていないんだ。人のために世話をしていつも疲れ切っているのに。あのとおり、とても優しくて臆病だ。そして頼りになる身内は君だけしかいない。ピティ叔母さんはあんな人だしね。メラニーは君をとても慕っている。それは兄の妻だからじゃない。本当の姉妹のように愛しているんだよ。スカーレット、もし僕が戦死したら、メラニーを頼むよ。約束してくれるよね」

私にはもう彼の言葉は耳に入ってこなかった。どうして僕のことを忘れないで、と言ってくれないの。どうしてメラニーのめんどうを頼むの？

「さようなら」

アシュレはとても静かな声で言い、ドアに手をかけてふり返った。その時、絶望は希望に変わる。とてもせっぱ詰まったまなざし。私の姿をすべてどんなことまで心に刻みたいと願うせつなげな視線。私は客間を駆け抜け、アシュレのサッシュの端をつかんだ。

「キスをして。お別れのキスを」

アシュレは優しく私を抱き締めた。唇と唇が触れる。私はアシュレの首に両手をからめ、きつくきつく抱き締めた。次の瞬間、アシュレの体が硬くこわばり、私の体は離された。

「だめだ、スカーレット、いけないよ」

かすれた声で言いながら、彼は私の両手首をぎゅっと握る。

「愛してるわ」

私は言った。

「今までずっと愛してたわ。世界中の誰よりも。他の誰かを愛したことなんか一度もない。アシュレ、私を愛してるって言って。そうしたら私はその思い出だけで生きていくから」

彼は何も答えなかった。そしてドアのノブに手をかける。

後には「さようなら」というつぶやきと、一陣の風だけが残った。私は泣いた。こんなつらく甘美な涙は初めてだった。

17

一八六四年の一月と二月のことは、一生忘れないと思う。

冷たい雨はやまず、風がずっと吹きすさんだ。暗く憂鬱《ゆううつ》な気分に、私はどうかなりそう。

ゲティスバーグとヴィックスバーグの敗北に加え、南部戦線の中央も激戦の末、北軍の手に落ちたのだ。これでテネシー州のほとんどは北軍のものになった。

だからといって、私たちが意気消沈しているわけではない。テネシーでの勝利に乗じて、ジョージアに攻め入ろうとした北軍を、南軍は勇敢に追いはらったんだもの。

私たちの気持ちは昂《たかま》るばかり。ヴァージニアからアトランタ、そして北のテネシーに繋《つな》がる路線は、兵士を乗せた列車でいっぱいだ。兵士たちは食事も睡眠もとらず、戦場に着くやいなや戦闘を開始するんだって。だから北軍は、すぐに南軍に追いはらわれてしまったというわけ。

口惜《くや》しいけど北軍は優勢で、立派な将軍に率いられている。このことを否定する南部の者は誰一人いない。

だけどどんな将軍だって、我らのリー将軍に比べればどうってことはないだろう。この確信は絶対的なものだ。

「私たちは最後には勝つんだから」

というのは、南部の者の合い言葉のようなもの。

それにしても、今度の戦争の長いことといったらない。もう三年がたとうとしている。未亡人や戦災孤児たちが多くなるはずだ。

軍隊用の衣類や靴はもちろん、生活に必要なすべてのものが不足していた。バターが一ポンド三十五ドルなんて信じられる？

タラにいた時なんて、バターは召使いたちだってふんだんに食べていた。マミイは私が痩《や》せ過ぎているからって、サツマイモにバターを落としたものをしょっちゅう食べさせていたっけ。

新しいお洋服なんてまるっきり手に入らない。私たちは着古したドレスにボロ布で裏をつけ寒さをしのいだ。それでも足りない時は新聞紙で補強した。ボール紙でつくった靴だって登場したんだから。

今やレット・バトラーの船だって、封鎖破りをすることは出来なかった。各港には北軍の船がぎっしりと停泊しているんだもの。

お母さまから手紙が来た。お父さまは三年分の綿花を、工場の傍《そば》の倉庫に保管しているんですって。リヴァプールに持っていけば十五万ドルになるはずなんだけど、そこまで送るなんてまず無理。お父さまは家族や召使い、黒人たちをどうやって食べさせようか、この冬をどうやって越そうかと悩んでいるんだって。

ジョージアの地主たちはどこも同じらしい。綿は今までイギリスに輸出していたのに近づくことも出来ないんだから。そして生活に必要なものを持ち込むことも無理。

人の噂《うわさ》によると、食品や衣服をどこかに匿《かく》し値段をつり上げ、大儲《おおもう》けしようとしている人たちがいるらしい。みんなはハゲタカとか、人の生き血を吸うヒルとか呼んでいた。

レットももちろんその一人だ。封鎖破りが危険だとわかると、さっさと船を売り払い、今では食料品の売買をしている。もう嫌われ者、なんてレベルじゃない。ピティ叔母さんでさえ、彼が来るのを拒むようになったもの。

だけどこんなに暮らしに困るようになっても、アトランタの人口は増えるばっかり。一万人だったのが二万人になっている。みんな着るもの、食べるものに困っても、この町にやってきて何かをしようとしている。兵士や軍需品がたえず行き来しているアトランタの町は、ぶんぶんと音をたてているミツバチの巣みたいだと私は思う。

私は古くなってところどころすり切れたドレスを着ている。靴だってつぎがあたっている。前だったら、こんなみじめな格好はイヤッ、って思ったかもしれない。でももういい。全然気にならない。だって二ヶ月前に、アシュレにちゃんと綺麗《きれい》な私を見てもらったから。

私を見た時の目、一生忘れない。そして最後に抱き締めてもらったこと、キスをしたことを思い出すと、それだけで私は幸せになる。とっておきのキャンディを取り出すようにして、それをいつまでもいつまでも味わうの。

あの人は私を愛してる。

もうそれは間違いない。はっきりと私に目で伝えていた。そしてキスもしたんだし。

かわいそうなメラニー。アシュレが本当に愛しているのは私なのに、それを知らないで彼のことを信じているんだもの。

アシュレは、たんにいきがかりでメラニーと結婚しただけ。どんなに後悔しているることだろう。いま戦場にいる彼の心を占めているのは私なんだ。

そう考えると、何にも知らないおバカのメラニーが気の毒で、前よりもうんと優しく出来るようになった。

戦争が終わったら、きっとアシュレは決心してくれるはず。偽りの生活にピリオドをうち、私と結婚しようと思うだろう。でも離婚って出来るの？

うちのお父さまとお母さまは、すごく熱心なカトリック教徒。自分の娘が、離婚した男と結婚するのを許さないだろう。その前にものすごいスキャンダルになるはずだわ。私もアシュレも、すべての社交界から排除されるに違いない……。

私はキャンディをなめるように、まだ訪れてもいない悩みについて考える。これも幸せなひととき。

とにかく早く戦争が終わって、アシュレに帰ってきて欲しい。そして私の運命を変えて欲しいの。早く、早く……。

だけどそのキャンディは、ある日、こなごなに砕けたんだ。

三月、みぞれが降り続いていたある日、メラニーが突然私の部屋にやってきて言った。

「赤ちゃんが出来たの！」

驚きのあまり、ブラシを落としそうになった。ちょうど私はブラッシングをしていたところだったんだもの。

「ミード先生がおっしゃるには、八月か九月には生まれるんですって。ああ、スカーレット、私、嬉しくって嬉しくって。ウェイドがいるあなたが本当に羨《うらや》ましかったの。アシュレの子どもが欲しくてたまらなかったんですもの」

後の言葉は耳に入ってこなかった。

アシュレが帰ってきたあの夜のことが甦《よみがえ》る。二人の寝室の前で、おやすみなさいと、うつむいたメラニー。ちょっと恥ずかし気なとても幸せそうな顔。

あの寝室の中で、そういうことをしていたのね。私はアシュレに裏切られたような気持ちになった。こんな痩せっぽっちの青白いメラニーを抱いて、アシュレ、あなたは楽しかったの？　まさかね。

私が声ひとつたてないのを、驚きのためと思ったんだろう。メラニーはベッドに座り、私の肩を抱いた。カビのにおいがする。メラニーも物置きからひっぱり出したドレスを着てるんだ。

「そりゃあ、びっくりするわよね。私だってまさかと思ってたんだもの。ねえ、スカーレット、どうやってアシュレに手紙を書いたらいいと思う？　直《じか》に会えればそんなに恥ずかしくないんだけど、手紙に書くって照れくさいわ……。でも知らせないわけにはいかないし……」

「なんてことなの……」

やっとうめくような声が出た。大理石の化粧台をつかんで体をささえた。メラニーはまたそれを、全く違う風に解釈する。

「ああ、スカーレット、そんな顔をしないで。お産はそんなに大変なことじゃないって、あなたが言ってくれたじゃない。私の体のことを心配してくれるのね。そんなにおろおろして、スカーレット、あなたってなんて優しいのかしら」

お願い、もうこれ以上喋《しゃべ》らないで。私は耳をふさぎたくなってきた。

それなのにメラニーは、興奮のあまり、いつもの百倍ぐらい喋り続ける。

「ミード先生はおっしゃったの……、私って、その……」

両手を自分の頬《ほお》にあて、一人で恥ずかしがっている。

「かなり狭いんですって。でもおそらくお産には問題ないだろうって。ねえ、スカーレット、あなた、妊娠したこと、自分で手紙を書いてチャーリーに知らせたの？　それともお母さまが書いてくださったの？　ああ、私にも母がいればね」

子どもがお腹にいるとわかった時、チャールズはとっくに死んでいた。私は彼の子どもなんか欲しくなかった。私が欲しいのはアシュレの子ども。戦争が終わったら、私がアシュレの子どもを産むはずなのに、どうしてこの女が横取りするの。

「黙ってよ！」

もう私は我慢出来なかった。

「もう黙ってったら！」

それなのにこのバカ女は、またもや違う風にとった。

「ああ、スカーレット、私ってなんて馬鹿なのかしら。人間って幸せ過ぎると、まわりが見えなくなるのね。あなたにチャーリーのことを思い出させてしまったわ。本当にごめんなさい」

「黙ってて欲しいわ」

私はやっと冷静な気分を取り戻した。そうよ、まだ本心をさらしちゃいけないんだ。ここで取り乱したらまずいことになる。

「そうよね、ごめんなさい。ウェイドが生まれた時、チャーリーはもうこの世にはいなかったんですもの」

メラニーは目に涙を浮かべている。

「スカーレット、私を許してね」

そして私がドレスを脱ぐのを手伝おうとしたんだけど私は拒否した。私の下着姿を見られたくなかった。ウエストは昔どおり細くって、胸はずっと大きくふくらんでいる。私の真白い肌。綺麗な線を描く胸元。メラニーの貧相な体なんかと比べものにならない。私の方がずっとずっと魅力的。それなのに、アシュレはメラニーの方を抱き、メラニーのお腹には彼の子どもが宿っている。

こんなことってある？

私はもうこの現実に耐えられそうになかった。そもそも私は、生まれてこのかた嫉妬なんかしたことがなかったのだもの。まわりの女の子の中でいちばん綺麗で、男の子たちが群がってきていた。お父さまは大きな農園主で、お母さまはみんなに尊敬されているレディ。他の女の子たちから、イヤというほど嫉《ねた》まれてはきたけれど、私はそういう気持ちを持ったことがない。それなのにどう？　メラニーが私の人生に入ってきてからというもの、ずっと黒くねばっこいものが私の心の中にへばりつく。そしてそれはどんどん強くなっていき、もう耐えられそうもなかった。

メラニーと同じ家に暮らし、彼女のお腹が次第にふくらんでいくのを見るなんて、こんな拷問《ごうもん》あるかしら。

そう、タラに帰ろうと私は決心する。戦争が激しくなってきたからと理由をつければいいことだ。

そして朝起きても、私の気持ちは変わらなかった。朝ごはんを食べたら、すぐに荷づくりを始めよう。メラニーは、私のせいだわとぴいぴい泣き、ピティ叔母さんは例によって卒倒するだろうけど、私の知ったことじゃない。

　気まずい朝食が始まってすぐのことだった。玄関の呼び鈴が鳴った。電報が届いたんだ。

「メラニーさまあてです」

　ピーターの言葉にメラニーの表情が変わる。戦争が始まってこのかた、電報がいいことを伝えたことなんかない。発信人はアシュレの従者モーズだった。

「アチコチ捜シマワッタガ、見ツカラズ。戻ルベキカ」

　意味はよくわからなかったが、悪いことが起こったということだけはわかった。私たちは恐怖で顔を見合わせる。朝食なんてとてもとれるはずはなく、そのまま馬車で町に出かけた。アシュレの上官の大佐に電報を打とうとしたのだ。ところが電信局に入ったとたん、向こうからの電報を受け取った。

「ウィルクス大佐、三日前ノ偵察任務ヨリ帰還セズ、行方不明。遺憾ナリ。再度連絡スル」

　馬車の中で叔母さんは泣きじゃくっていた。私はぼうっとしてへなへなと席に座り込み、メラニーだけが背筋をまっすぐに伸ばして座っている。真青な顔をして。

やっと家に着くと、私はすぐに部屋に入った。テーブルからロザリオをつかみ、跪《ひざまず》いた。そして祈ったんだ。

「神さま、これって私に罰をお与えになったんですか」

結婚している男性を愛し、その妻から奪いとろうとした。そしてあろうことか、子どもをみごもった妻を、激しく嫉妬して憎んだんだ。これで罰が下らなかったらどうかしている。神さまは私をこらしめるため、私がいちばん愛しているもの、そう、アシュレの命を奪ったんだ……。

その時、ドアが開きメラニーが入ってきた。顔にまるっきり血の気がなくて、ハート形に切り取られた白い紙みたい。

「スカーレット」

彼女は私に手を差しのべた。

「昨日、私が言ったことをどうか許して。だって私には、もうあなたしかいないんだもの。ああ、スカーレット、私、わかるのよ。あの人は死んでしまったのよ」

いつのまにか私はメラニーを抱き締めていた。そしてそのまま二人でベッドに横たわった。しっかり抱き合いながら、私たちは泣き続けた。頬がお互いの涙でぐっしょり濡《ぬ》れた。

アシュレは死んだんだ。私のよこしまな心のために、神さまが罰を下したんだ。すべては私のせい。私があの人を愛したから……。

でもメラニーって気づかないいんだろうか。不思議にも思わないいんだろうか。自分の夫のために、私がこれほど泣いていることに。親戚だから、幼なじみだから私が泣いていると思っているのだろうか。

でももうそんなことはどうでもいい。アシュレは死んでしまったのだから。

「でもね、私のお腹の中には、あの人の赤ちゃんがいるのよ」

とささやいたメラニーを、私は許した。

だけど私には何もない。何ひとつありはしない。ただひとつを除いて。それは最後に見たアシュレの姿。キスをしたこと。私のことを愛していると確信を持たせてくれたあの表情。他には何もない。


メラニーは夫の死をしっかりと受け止めようとした。その姿はあまりにも立派で、彼女がまだ二十歳だということを忘れそうになる。メラニーは、大佐と何度も電報でやりとりした後、電信でモーズに送金をして、家に戻るように指示を出したんだ。

そして次の死傷者リストに、アシュレ・ウィルクスはこう書かれていた。

「行方不明――捕虜になったと推定される」

これはいったいどういうこと。行方不明でも死んだっていうことではないの？

私たちに喜びと不安とが、かわるがわるやってくるようになった。メラニーはほとんど電信局から離れないようになった。一刻も早く情報を知ろうと必死なのだ。

メラニーはつわりがひどくて、ほとんど何も食べられない。顔がむくみ、ミード先生からはベッドで安静にしているように言われているのに、まるで言うことを聞かないのだ。それなのに、何かに憑《つ》かれたように、毎日電信局に通っている。夜は夜で、歩きまわる音が隣室から聞こえてきた。

思いつめたメラニーは、すごいエネルギーを与えられたみたいだ。体に障るのではと心配する気持ちにウソはないけれども、このままアシュレの子どもがどうかなるのも構わないかもと、ちらっと私は考えたりする。ごたごたでタラに帰ることなど、すっかりどこかにいってしまったけれど、やっぱりアシュレとメラニーの子どもを見るのはつらいもの。

そして電信局に通い始めて半月後、メラニーが馬車で帰宅した。レット・バトラーにつきそわれて。なんでも電信局で倒れた彼女を、レットが見つけて送ってきたんですって。

彼は軽々とメラニーを抱き、階段を上がって寝室まで連れていった。その間、ピティ叔母さんや召使いたちは、やれ毛布だの、気付け用のウイスキーだのと大騒ぎ。枕にもたれかかったメラニーに、レットは尋ねた。

「ミセス・ウィルクス。お子さまがお生まれになるのですね」

そんなことを女性に聞くなんてものすごく失礼なんだけど、レットの口調は優しく本当に親身になってのものだった。彼はメラニーに語りかける時と私の時とではまるで違う。ミセス・ウィルクスと、親愛と尊敬をこめて発音するのだ。だからメラニーも、こっくり頷《うなず》いた。

「だったらもっとお体を大事にしなきゃいけません。こんなふうに心配したり、走りまわったりしては、あなたのためにもならないし、お腹の赤ちゃんにも障ります。もしお許しいただけるなら、ワシントンのつてを頼って、ご主人の行方を調べてみましょう。もし捕虜になられたのならば、北のリストに載っているはずですからね」

でも約束してくださいと、彼はにこっと微笑《ほほえ》みかける。彼がこんな顔をするなんてと、ちょっとびっくりするような笑顔。

「ご自分の体を大切になさると、神に誓って。さもないとお手伝いいたしませんよ」

「まあ、なんてご親切なの……」

メラニーは泣き出した。

「どうして世間は、あなたのことをあんなにひどく言うのかしら」

その言葉がかなり失礼なことに気づき、そのうえ妊娠を男性に指摘された恥ずかしさで、メラニーはまたしくしく泣き始めた。やっぱり体がふつうじゃないことと、今まで気を張りつめていたからだろう。そんなメラニーを、レットは優しく見つめていた。

そして彼は約束を守った。どんなコネを使ったかわからないけれど、アシュレの安否を確かめてくれたのだ。一ヶ月かけて。

アシュレは死んではいなかった！　負傷して捕虜になったんだ。そして今はイリノイのロックアイランド捕虜収容所にいるらしい。

「ロックアイランド!」

私たちは叫んだ。それは怖《おそ》ろしい響きを持つ。あそこはとても過酷な場所だからだ。食料は乏しく、毛布は三人に一枚だけ。伝染病でバタバタ倒れる者が多く、ここに送られた兵士の四分の三は生きて帰れないという悪名高いところだ。メラニーは必死でレットに頼んだ。

「ああ、バトラー船長、どうにかならないものでしょうか。あなたのつてで、北軍の捕虜と交換してもらえないでしょうか」

〝あなたのつて〟でなんて、メラニーは大胆なことを口にする。そもそもアシュレの居場所を調べ上げたことだけでも、レットと北軍との深い関係がわかるというものだ。彼に何か頼むということは、北部人《ヤンキー》に通じている人に頼むということ。今は仕方ないとしても。

「リンカーンはいったい何を考えているんでしょうかね」

レットは唇をゆがめた。

「命令は下されました。捕虜交換は行われません。実は……、今までお話ししなかったんですが、ご主人には収容所を出るチャンスがあったのに、それを拒まれたというんですよ」

「そんな、まさか」

「いえ、本当です。北軍はネイティブ・アメリカンと戦う部隊のために人を集めていましてね。捕虜にした南軍の兵士にも声をかけているんです。忠誠の誓いを立て、二年間の兵役につけば誰でも解放されて南部に送られる。しかしご主人は拒絶したんです」

「どうしてそんなことしたのかしら」

思わず私は口走った。

「せっかくのチャンスじゃないの。とにかく誓って、収容所を出たらすぐに脱走して家に帰ればよかったじゃないの」

「よくもそんなことを言えるわね」

こちらを見たメラニーの目は、怒りでわなわなと震《ふる》えていた。

「あの人がそんなことをすると思う？　卑劣な誓いを立てて南部連合を裏切って、それから北軍との約束も破るなんて。アシュレがそんなことをしたと聞くぐらいなら、ロックアイランドで死んだとわかった方がずっとましだわ。ええ、あの人がそんなことをするわけないでしょう」

まるで私がとてもずる賢い人みたいじゃない。でも何としてでも生きて家族の元に帰ろうと思うんだったら、誓うふりぐらいやるべきよ。

レットを玄関まで送っていきながら、私は唇をとがらせた。

「あなただったら、あんなところで死にたくないから知恵をめぐらすでしょう。とりあえず入隊して、そのあと逃げたんじゃない？」

「もちろん」

レットは口髭《くちひげ》の下に白い歯をのぞかせ、ふふっと笑う。メラニーにするのとは、まるで違う笑顔。不敵なイヤらしい笑いだ。

「そうでしょう。でもどうしてアシュレは誓いを立てなかったの」

「紳士だからさ」

彼は答えた。紳士っていう言葉に、こんなふうに皮肉と侮蔑《ぶべつ》を込めるなんて。全くレットっていう人は何を考えているのかしら。

レットはアシュレは生きていると伝えてくれたけれど、五月になる頃には私はかなり諦《あきら》めの心境になった。なぜならばあれ以来、何の情報も入ってこなかったから。だけどメラニーは違っていた。いつも自分にこう言い聞かせているんだって。
——あの人が死んでいるはずはない。なぜって、もしあの人が亡くなったら、きっと私にはわかるもの——

さわやかな五月の夕暮れだった。私たちの視線の先にはレットがいた。ピカピカに磨いた長いしゃれたブーツが見える。暗がりにゆったりと座っていた。その腕の中にはウェイドがいる。父親そっくりな恥ずかしがり屋のおとなしい男の子だけれど、なぜかレットにはなついている。訪ねてくる日は夜更かしをしてもいいことにしていた。それにしてもレットって本当に図々しい。招いてもいないのにやってきたんだ。

実は今夜はうちで夕食会が開かれることになっていた。エルシング夫人に泣きつかれたからだ。恋人が戦死したので、娘のファニーが泣きくらしているというのだ。

私は反対した。ファニーのことなんかどうだっていいし、アシュレは生きているかどうかもわからない。それに食べ物だって、私たちが口にするものだけしかない。

それなのにどうしてもお客さまを招くって、ピティ叔母さんは言い張る。

このところ年のせいか、急に頑固になってきた。ちょっと前までは私が強いことを言うと、おろおろしていただけなのに。

「アシュレは死んでしまったわけじゃないんだし……」

そう言ってる叔母さんこそ、アシュレが生きているはずがないと思っているくせに。

「とにかく私は夕飯に人を招《よ》びたいの。楽しい時間を過ごしたいのよ」

この集まりにメラニーもいい顔をしなかった。だって南部の習慣では、妊娠した女性は人に知られないように外に出ないことになっていた。人目につかないように暮らして、まわりの人たちも、見て見ないふりをするのが礼儀。赤ちゃんが生まれて初めて「おめでとう」ということになる。

でもメラニーは妊娠五ヶ月となり、つわりもおさまった。胸もぺったんこのままだし、ドレスのウエストを少し上にずらせば大丈夫かも。

そもそもこの夕食会は、一羽のオンドリがかかわっていた。肉がやわらかいメンドリはとっくにすべて食べてしまっていたから、がらんとした鶏舎の中、オンドリが一羽しょぼんと歩きまわっていた。叔母さんはいずれ老衰で死ぬんだから、近いうちに食べてしまおうと言い出したんだ。

そしてピーターがオンドリの首をひねると、叔母さんはこれを家族だけで食べるのはよくないと言い出した。まわりの友人たちは、もう何週間も鶏肉なんか食べていない。これをみんなで分け合おうというのだ。

鶏はたったの一羽。それなのに十人ぐらいで食べようなんて、タラではまず信じられない話だ。あそこでは、パーティーがあれば、何十羽というニワトリが絞《し》められるんだもの。

でも年とったオンドリでも、料理女が一生懸命頑張ったおかげで素晴らしいものとなった。老いぼれた硬い肉を上手にローストしたんだ。グレーヴィーソースは、とろみをつけるための小麦粉がなかったけれども、我慢しなくっちゃ。

その代わりつけ合わせはたっぷり。玉ねぎで風味づけしたひき割りトウモロコシドレッシングにライス。干し豆はボウルにいっぱい。デザートはサツマイモのパイよ。

オンドリがオーブンの中で焼かれている間、ドアがノックされてレットが入ってきたわけ。招待していないのに。

今夜はアトランタのうるさ型たちがやってくる。まずいな、と思ったのに私が追い返さなかったのには三つの理由がある。

ひとつめはもちろん、アシュレの安否を確かめ、収容所まで教えてくれたことへのお礼。その収容所が最悪なところだったとしてもだ。

それからもうひとつは、レットが紙レースにくるまれた大きな箱を持ってきたこと。ボンボン菓子だわ。ボンボンなんてもう何年も口にしていない。今夜うちに来る人もそう、きっとみんな大喜びするに違いない。たとえレットが傍にいたとしてもね。

それから最後のひとつは、彼が賞賛の言葉を浴びせること。

「スカーレット、いつ見てもどうしてそんなに綺麗なんだい。まさにアトランタの花だよ」

嘘《うそ》に決まっている。着ているドレスなんて古びていて、ところどころつぎがあたっている。ずっとろくなものを食べていないから、顔だってやつれているはず。アシュレと会った時にすべての力を使い果たした私は、きっと十九歳っていう年よりも、ずっと老けてるにきまっている。

それなのに、

「スカーレット、君が相変わらず美しくいてくれることに、僕はどんなに元気づけられることか」

こんなことを言ってくれる男を、玄関先で追い返すことが出来る？　しかもボンボン付き。それで私は、つい家の中に入れてしまったんだ。


（第3巻につづく）

翻訳協力　関口真理、土井拓子

小説源氏物語
STORY OF UJI

林 真理子

光源氏の血をひく二人の美しき貴公子が、都から離れた美しい水郷の地・宇治で繰り広げる恋愛ゲーム。裏切り、嫉妬、会議……。ふたりの間で翻弄される女・浮舟の心をリアルに、執拗に、官能的に描ききった問題作。

私はスカーレットⅢ

林 真理子

「北軍《ヤンキー》がやってくる！
——何とかしなきゃ
頼れる人は誰もいない

メラニーの赤ん坊を
取り上げ、逃げるのよ
そう、タラに帰るのよ」

イラスト／加藤木麻莉

―――本書のプロフィール―――

本書は、月刊誌『きらら』二〇一九年四月号から二〇一九年十月号に掲載されたものを一冊にまとめた本です。

小学館文庫

私《わたし》はスカーレット Ⅱ

著者 林 真理子《はやしまりこ》

二〇二〇年四月十二日　初版第一刷発行

発行人　飯田昌宏
発行所　株式会社 小学館
〒一〇一-八〇〇一
東京都千代田区一ッ橋二-三-一
電話　編集〇三-三二三〇-五七二〇
販売〇三-五二八一-三五五五
印刷所――図書印刷株式会社

ISBN978-4-09-406758-3

小学館文庫

THE MATCH

ザ・マッチ

著者 ハーラン・コーベン

訳者 田口俊樹《たぐちとしき》／北《きた》 綾子《あやこ》

二〇二三年十一月十二日 初版第一刷発行

発行人 石川和男

発行所 株式会社 小学館

〒一〇一-八〇〇一

東京都千代田区一ツ橋二-三-一

電話 編集〇三-三二三〇-五七二〇

販売〇三-五二八一-三五五五

印刷所――――大日本印刷株式会社

この文庫の詳しい内容はインターネットで24時間ご覧になれます。

小学館公式ホームページ https://www.shogakukan.co.jp

ISBN978-4-09-407223-5